KB121156

이것이 법이다

이것이 법이다 76

2019년 11월 18일 초판 1쇄 인쇄
2019년 11월 21일 초판 1쇄 발행

지은이 자카예프
발행인 이종주

총괄 김정수
경영 지원 배진경 임혜솔 송지유

기획 이기헌 왕소현 박경무 이승제
책임 편집 최전경

발행처 (주)로크미디어
출판등록 2003년 3월 24일
주소 서울시 마포구 성암로 330 DMC첨단산업센터 3층 318호, 319호
Tel (02)3273-5135 **편집** 070-7863-8592 **Fax** (02)3273-5134
홈페이지 rokmedia.com **E-mail** rokmedia@empas.com

ⓒ 자카예프, 2015

값 8,000원

ISBN 979-11-354-3715-1 (76권)
ISBN 979-11-255-9575-5 04810 (세트)

이것이 법이다

76

자카예프 장편소설

로크미디어

CONTENTS

미친놈이 성공하는 세상

"소시오패스요?"

엠버는 당황했다.

노형진이 자신이 아는 리키 오쇼에 대해 설명해 줬기 때문이다.

"그런 자리에 있는 사람이 소시오패스라고요?"

"그게 그리 놀랄 만한 일인가요? 애초에 소시오패스가 더 성공하기 쉽다는 건 과학적으로도 밝혀진 사실입니다만."

"그건 그렇지만……."

한숨을 푹 쉬는 엠버.

"그냥…… 기분이 좀 그러네요."

"무슨 뜻인지는 압니다. 사람들이 생각하는 그런 일은 아니죠."

사람들은 자신들의 리더가 올바르고 성실하며 정의로운 사람이기를 원한다.

하물며 다른 직업도 아니고 법률계의 거두다.

그런데 그런 사람이 소시오패스라니.

"하지만 웃기게도, 법률계는 소시오패스가 다른 사람들보다 훨씬 더 성장하기 쉬운 곳입니다."

"알죠."

돈만 있다면 살인범이든 학살자든 무조건 최선을 다해서 변론을 해 준다.

일말의 양심의 거리낌도 없이 말이다.

"웃기지만요. 그래서 미스터 노가 돈을 안 받더라도 일반인을 변호해 주라고 한 거고요."

"잘 아시네요."

소시오패스는 양심이 없다.

사이코패스와 소시오패스는 비슷하지만 결정적인 차이가 몇 개 있는데, 소시오패스는 후천적으로 변할 수 있다는 것이다.

부자들이 돈 때문에 동질감을 느끼지 못하고 막나가는 것이 그중 하나고.

"그래서 제가 일반인과 어울리면서 감정을 조절하라고 하는 겁니다. 사실 이 세계에서 성공하려면 소시오패스가 되지 않을 수가 없다고 봐야 하니까요."

그래서 양심적인 변호사들이 못사는 거다.

돈 받을 생각보다 어려운 사람들을 도울 생각이 앞서니까.

"그런 법률가들의 정점에 있는 사람이 바로 리키 오쇼입니다."

그가 웃으면서 착하게 살았다면 그 자리에 올라갈 수가 없었을 것이다.

'턱도 없는 소리지.'

노형진도 미래에 대한 기억이 없다면 절대 성공하지 못했을 것이다.

애초에 노형진이 돈에 집착하는 이유가 뭔가?

돈이 있어야 압력에서 벗어날 수 있기 때문이다.

"그러면 넌 그 리키 오쇼라는 사람이 왜 때렸다고 생각해?"

"그 피해자를?"

"응."

"글쎄…… 일단 피해자의 잘못은 아닐 거야."

일단 고용된 사람이다.

그리고 노형진이 알기로, 리키 오쇼는 저택이 아니라 최고급 아파트에서 살았다.

"아파트가 맞죠?"

"네."

"그러면 그런 아파트에서 부르는 사람은 믿을 만한 사람이지."

리키 오쇼가 직접 불렀을 리는 만무하니, 그의 요청으로 관리실에서 자신들이 거래하던 믿을 만한 사람을 불렀을 것이다.

"확신해?"

"내 기억이 맞는다면 리키 오쇼가 지내는 아파트는 월세만 5천이 넘는 최고급 아파트야."

"뭐? 5천? 5천이라고?"

"그래."

"아니, 5천이나 주고 월세를 산다고?"

"일단 그 지역이 비싼 것도 있지만, 회사의 경비 처리 비용으로 잡을 수 있으니까."

"아아."

"그런 곳에는 당연히 리키 오쇼 같은 부자들이 살 테지."

"무슨 뜻인지 알 것 같다."

부자들이 사는 집에는 비싼 물건들이 많다.

막말로 작은 보석 하나만 들고나와도 수천만 원이 될 수 있다. 그리고 고급 아파트이다 보니 그곳에 거주하는 사람이 좀 허술하게 보관할 수도 있고 말이다.

"그러니까 그런 데서는 아무나 부르지 않아. 믿을 만한 사람을 부르지."

혹시나 아무나 불렀다가 진짜로 분실 사고라도 나면 자신들도 골치 아프니, 확실하게 어디에서 일하는지 아는 사람만 부를 수밖에 없다.

"그런 사람이 그런 곳에서 실수할 가능성은 거의 없겠군요."

엠버도 이해가 간다는 듯 고개를 끄덕거렸다.

사람은 사람을 상대하다 보면 배우는 게 있는 법이다.

"부자를 상대하는 법을 아는 사람이 부자의 심기를 거스를 일은 없다고 봐도 무방하니까."

그러면 남은 것은 하나뿐이다.

다름 아닌 리키 오쇼의 실수.

"하지만 그가 실수할 게 뭐가 있어? 수리를 하는 건 그가 아니잖아."

"이런 게 있을 수도 있지. 수리를 하다 보면 오물이 튈 수도 있거든."

"그렇지."

"그래서 보통 그런 사람들은 수리할 때 접근하지 말라고 해. 그런데 접근했다가 오물이 튀었다고 화를 내는 거지."

"설마."

"전에도 그런 사건 있었잖아."

장애인 주차장에 차를 대고 있다가 단속하러 나온 구청 직원에게 걸려서 딱지를 뗀 사람이, 거기 경비원을 폭행한 적이 있었다. 그 사람이 신고했다고 말이다.

"하지만 그걸 신고한 사람은 동네 주민이지 그 사람이 아니었어."

"아, 무슨 뜻인지 알겠네."

장애인 주차 구역에 일반인이 차를 대지 않는 것은 상식이다. 하지만 자기가 그 규칙을 지키지 않고서 도리어 남에게 책임을 떠넘기는 것이다.

"그런 인간들이 제법 많아."

그리고 노형진이 기억하는 리키 오쇼는 확실히 그런 타입이었다.

"그게 어플루엔자를 주장하는 가장 큰 이유일 테고."

"어째서?"

"아주 사소한 분쟁이라도 있었다면, 아마 그 인간은 정당방위로 몰아갔을걸."

"그런가?"

"미국의 정당방위의 범위는 어마어마하게 넓게 인정되고 있어."

더군다나 그의 집에서 다른 증인도 없이 그 혼자 있었다. 배관공이 갑자기 공격해 왔다고 주장할 수도 있는 상황이다.

"난 그게 이상해."

"어째서?"

"그는 소시오패스 기질을 타고난, 남을 생각하지 않는 사람이야. 그리고 피해자와 단둘이 있었고. 그 말은, 증거를 조작해서 정당방위로 넘어갈 수도 있다는 뜻이거든."

순간 엠버는 움찔했다.

그녀는 생각도 해 보지 못한 가능성이었다.

물론 그건 범죄지만, 그런 걸 무마할 만큼 리키 오쇼는 힘이 있는 사람이다.

"혹시나 피해자가 일어나서 진술할 걸 걱정해서 그런 게 아닐까요?"

"그래서 이상한 겁니다. 증언이 아니라 진술입니다. 자신이 피해를 입은 상황을 자신이 주장하는 거죠."

"아……."

자신이 자신의 결백을 주장한다는 것.

그건 위증의 가능성도 분명 존재한다는 것을 뜻한다.

"그리고 그의 힘이면, 배관공의 말쯤이야 위증으로 몰고 가는 데 전혀 지장이 없습니다."

"그렇다는 건……."

"네, 사건을 조작할 틈이 없었다는 거죠."

"조작할 틈이 없었다?"

조작이라고 해도 어려운 게 아니다. 리키 오쇼가 자기 물건 중 적당한 거 하나만 피해자의 가방에 넣어 두면 끝이다.

그러면 피해자가 도둑질을 하다가 걸리자 달려들었고, 리키 오쇼는 저항한 걸로 자연스럽게 이야기가 나온다.

"그걸 조작할 틈도 없었다는 것. 그 말은 그곳에 다른 사람이 있었다는 뜻이지요."

노형진은 심각한 얼굴로 말했다.

"그것도 그가 제대로 통제하지 못하는 누군가가."

그 누군가가 증언하게 되면 자신이 불리해진다.

그러니 리키 오쇼는 그의 존재를 감춰야 한다.

"그런데 그가 왜 신고를 안 한 거야?"

"그 역시 그걸 감추는 데 도움을 주고 이득을 얻을 수 있다는 뜻이지."

"전혀 생각해 보지 못한 부분이에요."

"리키 오쇼의 성격을 생각하면 그게 맞을 겁니다. 아마 그가 발끈한 것도 그 누군가 때문일 가능성이 높고요."

아무리 미친놈이라지만 '심심하니까 누구 하나 때려 죽여야겠다.' 하고 생각하는 놈은 아니다.

즉, 그가 화가 난 상황에서 화를 통제하지 못하고 터진 것이다.

"그러면 부하는 아닙니다."

부하라면 리키 오쇼를 그렇게 자극할 리는 없을 테니까.

"그러면 적이라는 건가요?"

"적이라면 이미 리키 오쇼를 신고했겠지요."

하지만 그는 그걸 바라보기만 했고, 리키 오쇼가 신고하는 것을 기다려 줬다.

"제 생각에는 아마 로비해 주는 상대 업체의 로비스트일 겁니다."

"로비스트?"

"응. 리키 오쇼는 기본적으로 변호사이기는 하지만 전에 말했다시피 로비스트로도 이름을 날리고 있거든."

그러니 그 상대 업체 로비스트는 그런 리키 오쇼에게 접근해서 협상을 하려고 했을 가능성이 높다.

"아니, 로비스트면 바로 접촉할 수 있는 거 아니야?"

"급이 달라. 초선 국회의원이 보고 싶다고 해서 대통령을 직접 만날 수는 없잖아."

그러니 그런 의도로 접근한 로비스트와 협상을 하던 도중에 리키 오쇼가 발끈했을 가능성이 높다.

"하지만 누가 집에 들어갔다는 이야기는 없었는데요."

"아직 경찰 조사가 끝나지 않았으니까요. 그리고 엠버 스스로가 말하지 않았습니까, 경찰의 조사는 믿을 수 없다고."

"그건 그래요."

"출입자를 누락시키는 건 어려운 게 아닙니다. 나중에 걸려도 실수 정도로 커버할 수도 있고요."

"으음……."

엠버는 그 말을 곱씹다가 고개를 흔들었다.

"하지만 여전히 이해가 안 가는데요."

"뭐가요?"

"결국 급이 낮은 로비스트가 그의 신경을 건드렸다는 건데, 그럴 사람이 있나요? 그걸 두고 볼 리키 오쇼가 아닌데."

"로비스트만 보면 그렇지요. 하지만 그 로비스트를 보낸 사람이 리키 오쇼도 무시 못 할 사람이라면 어떨까요?"

"그러면……."

"그는 약점을 잡고 리키 오쇼를 이용하려고 할 겁니다."

"무슨 뜻인지 알 것 같네요."

그런 사람이라면 리키 오쇼가 발끈해도 어쩔 수가 없었을 것이다.

"그리고 그쪽을 추적하면 누가 봤는지도 알 수 있겠지요."

"대단하네요. 전 그곳에서 무슨 일이 벌어진 건지 전혀 감도 못 잡았는데."

그런데 제삼자의 존재와 그 배경까지 예측해 내는 노형진.

그걸 보고 엠버는 혀를 내둘렀다.

"프로파일링을 얼치기로 배운 적이 있어서요."

"그래도 참 대단한 거예요."

"음……."

엠버가 놀라는 사이 손채림은 턱을 만지작거리면서 고민하고 있었다.

"그러면 그 회사는 어디일까?"

"글쎄. 일단 가장 좋은 방법은 리키 오쇼가 누구의 편을 들어서 로비하는지를 보면 되는 건데."

"하지만 그가 하는 로비가 한두 개가 아닐 텐데요?"

"그게 문제죠."

그가 하는 로비가 한두 개가 아니다 보니 누가 보냈는지도 예상할 수가 없다.

더군다나 안다고 해서 자신들이 할 수 있는 것도 없고.

"무엇보다 우리는 공식적으로 이 사건을 하지 않잖아요."

"네, 그건 어쩔 수 없죠. 피해자 측은 뭐라고 하던가요?"

"그쪽도 사정을 아니까요."

벌써 수십 곳을 가 보았지만 누구도 변호를 해 주지 않았다. 그나마 협상해서 최대한 받아 준다고 한 곳도 드림 로펌 하나뿐인지라, 그들도 현실에 수긍해서 고개를 끄덕거렸다.

"그런데 우리가 이걸 조사한다고 하면 이득도 없이 너무 위험한 거 아니야?"

손채림의 말에 노형진이 피식 웃었다.

틀린 말은 아니다.

"물론 리키 오쇼만 보면 그렇지. 하지만 중요한 건 리키 오쇼가 아닌 다른 걸 볼 경우, 이야기가 달라진다는 거지."

"달라진다고?"

"리키 오쇼가 로비하던 기업들. 만일 그가 잡혀간다면 그들이 얼마나 타격을 입을까?"

"아하!"

아마 상당한 타격을 입을 것이다.

"로비라는 건 말이야, 기본적으로 라이벌이 있어야 적용되는 거야."

뭐가 필요한데 자신이 독점이라면, 그걸 공급하는 계약을 따내기 위해 로비할 이유는 없다.

"즉, 그가 잡혀가면 그 반대에서 로비하던 기업이 어마어마한 수익을 낸다는 거군요."

"맞습니다. 더군다나 전에도 말했지만 리키 오쇼는 절대 싸구려 로비는 안 합니다. 그가 하는 로비는 억 달러 이상의 단위가 투입되는 거라고 보면 됩니다."

"그런 게 많아?"

"단순히 생각해 봐. 미군이 먹는 음식이 한두 개야?"

그걸 공급하는 계약만 한다고 해도 어마어마한 돈이 들어올 것이다.

"미군이 그렇게 숫자가 많은가?"

"숫자 자체는 많지 않지. 하지만 질이 달라."

한국군에게 지급되는 밥은 개밥이라 불릴 만큼 형편없다.

대량 공급 위주로 만들어진 단가 낮은 음식들이라 음식의 질이 형편없는데, 그나마도 중간중간 빼돌리는 놈들이 엄청나게 많기 때문이다.

"하지만 미군은 그렇지 않아."

"헐, 역시 미국이라 이건가?"

"아니, 그렇다기보다는, 미군은 급식이기는 하지만 본인이 직접 사 먹어서 그래."

"응? 자기가 사 먹는다고?"

"그래."

자기가 나가서 사 먹든 구내식당에서 사 먹든, 그건 본인의 선택이다. 그래서 미군 구내식당은 가격도 싸고 음식의 질도 엄청나게 좋다.

"맞아요. 미군은 자신의 돈으로 사 먹어야 하죠."

"그러면 더 나쁜 거 아니야?"

"아니지. 반대지."

그만큼 돈을 더 주니까.

"미군은 직업군인이잖아."

쉽게 말해서 일한 만큼 돈을 준다.

한국에서는 사실상 20대 청년들을 노예처럼 부려 먹으니 밥을 공짜로 줄 수밖에 없는 거고.

"아…… 그런가."

"그래. 그런 곳에 음식을 공급하는 데에도 로비가 필요해."

"그렇겠네."

손채림은 알 것 같았다.

수십만에 달하는 병력이 매일같이 먹는 음식을 공급한다는 것은 어마어마한 돈이 남는 일이다.

물론 혼자서 다 공급하지는 못하겠지만, 부대 하나만 잡아도 상당한 수익을 남길 수 있다.

"문제는 리키 오쇼가 어떤 곳과 로비하느냐는 거지."

물론 마냥 기다려도 된다.

하지만 그랬다가는 재판이 모조리 끝나 버릴 수도 있다.

그리고 그가 자신을 알아차릴 수도 있고.

"그러면 일단 리키 오쇼가 로비하는 게 뭔지 알아볼까요?"

"위험하지 않겠습니까?"

엠버는 고개를 흔들었다.

"리키 오쇼가 아니라 미 정부의 정책을 보면 될 것 같은데요. 그들이 움직인다는 건 결국 정부의 정책에 변화가 생긴다는 거니까."

"아, 그렇군요!"

리키 오쇼를 추적하는 것은 위험하지만 정부의 정책을 살피는 건 흔하게 있는 일이다. 그리고 리키 오쇼가 관심을 가질 만한 것을 추려 보면 된다.

"일단은 제가 조사를 좀 해 볼게요."

"부탁드립니다. 그게 어느 쪽인지 알아야 이쪽에서 대응할 시간을 구할 수 있으니까요."

그리고 어떤 사건인지 알아야 라이벌이 누군지 특정할 수 있다.

'이번에는 네놈에게 한 방 먹여 주지, 리키 오쇼.'

노형진은 속으로 씨익 회심의 미소를 지었다.

⚖

며칠 후 엠버는 리키 오쇼가 관심을 가질 만한 사건을 하나 가지고 왔다.

"최근에 정부 발표가 하나 있었어요."

"고작 하나요?"

"아무래도 그들이 기존에 있던 곳을 건드리는 것은 위험하니까요. 그러니 바뀐 게 있는 곳을 노린다고 생각했죠."

노형진은 고개를 끄덕거렸다.

"그럴 가능성이 높지요. 그가 탐낼 만한 게 뭐였나요?"

"민간 군사 기업요."

"에?"

전혀 상상도 못 한 말에 손채림은 어리둥절했다.

"민간 군사 기업요? 정부가요?"

"네."

"아니, 군대가 있는데 왜 민간 군사 기업을 동원해요?"

상식적으로 군대를 동원하는 게 훨씬 싸게 먹힌다.

그런데 민간 군사 기업이라니?

"음…… 의외로 미국은 민간 군사 기업을 많이 동원해."

"어째서?"

"일단 여러 가지 이유가 있지만, 결국 돈이지."

"돈?"

"그래. 충분한 양의 병력을 유지하지 못하는 게 현재 미군이거든."

거기에다 실력이 좋은 사람들은 자꾸 군사 기업에서 빼 간다. 그래서 단순 경비 업무나 기타 업무들 중 상당수는 민간 군사 기업이 하는 형태로 미군도 바뀌어 가고 있다.

"이번에 중동에 있는 군사 병력이 재조정되었어요. 그리고 그 지역에 있던 병력이 다른 곳으로 이동하면서, 그들에게 보호받고 있던 미국의 기업들이 갑자기 보호받지 못하게 된 거죠."

"아아아."

가끔 이런 경우가 있다.

또는 진짜 군대를 동원하자니 그 지역에서 군대에 대한 거부감이 너무 강하거나 한 경우에도 민간 군사 기업이 들어간다.

"지금 나온 자료에 따르면 그 지역의 경호 업무에 대한 보상은 미국 돈으로 10억 달러예요."

"10억 달러요?"

"네."

무려 1조 원이 넘는 어마어마한 돈이다.

"아니, 그걸 민간에 넘긴다고요?"

"때로는 그게 더 돈이 되니까."

그 정도 병력을 유지하는 것은 절대 쉬운 일이 아니다.

더군다나 미국도 현재 군대에 지원하는 사람이 부족해서 고민하고 있는 상황.

지원자도 없으니 당연히 병력의 지원 풀도 부족하다.

"확실히 그런 거면 오쇼 쪽이 관심을 보일 수 있겠네요."

"네, 그거 말고는 이유가 없어 보여요."

"웃기네. 아니, 세상천지에 군사 부분을 민간에 넘기는 나라가 어디 있어?"

"미국이 달리 극단적 자본주의국가라고 불리는 게 아니야."

노형진은 그렇게 말하면서 턱을 문질렀다.

10억 달러 치의 민간 군사 기업 경쟁.

"확실히 그런 거라면 오쇼가 눈치를 볼 만하군요."

"규모만의 문제가 아니니까요."

오쇼라고 머리에 총알이 박혀도 살아남을 수 있는 것은 아니다.

그리고 민간 군사 기업에서 저격은 식은 죽 먹기 이상으로 쉽다. 런 곳에 입사할 정도면 미국에서는 실전 경험이 없을 수 없을 테니까.

"거기에다 약점까지 잡혔다면······."

"오쇼는 상당히 적극적으로 로비하겠네요."

노형진은 씩 웃었다.

"어쩌면 쉽게 그 뒤를 잡을 수 있겠네요, 후후후."

⚖

노형진의 예상대로 오쇼는 다른 것보다 우선시해서 정치인들을 만나기 시작했다.

주로 '매파'라고 불리는 공격주의자들을 많이 만나고 다녔는데, 그들을 만나서 누구를 밀어주는지 알아내는 것은 어려운 일이 아니었다. 애초에 그 정도 규모의 사업을 따낼 미국의 민간 군사 기업은 몇 개 안 되니까.

"NKK라는 곳이에요. 미국 내 군사 기업 중 현재 6위이고, 5위와 차이가 좀 있지요."

"그리고 이걸 따면 그게 뒤집어지고요?"

"네."

1위는 누가 봐도 블랙위드다.

민간 군사 기업 중 가장 오래된 곳이고.

애초에 군사 기업에 탱크에 아파치 헬기까지 있는 수준이니까.

"그리고 조사해 보니까 돈만의 문제가 아니었어요."

"돈만의 문제가 아니다?"

"민간 군사 기업이라고 해도 전쟁 장비를 다 보유할 수는 없어요."

특정 장비의 경우는 아무리 민간 군사 기업이라고 해도 보유할 수가 없다.

아니, 아예 무기 회사에서 팔 수도 없다.

물론 몰래 보유하려고 밀수할 수는 있겠지만, 합법의 영역에 있는 민간 군사 기업이 그걸 구입했다가 걸리면 기업이 날아갈 수도 있다.

"그런데 이번 계약 조건 중 하나가 바로 특정 무기의 판매까지 포함된 조건이에요."

"특정 무기요?"

"아파치 헬기와 지대공미사일 그리고 몇 대의 탱크요."

"으음······."

"지금까지 해당 무기에 대한 허가가 난 것은 5위까지예요."

"절대적 무력이라는 소리네요."

"그게 무슨 소리야?"

"일종의 벽이라는 거야."

6위에서 5위로 넘어가기 위해서는 단순히 숫자만 필요한 게 아니다. 그에 상응하는 화력이 있어야 한다.

만일 숫자만으로 본다면 아마 한국이 미국의 전력을 아득하게 넘어설 것이다.

하지만 현실적으로 대한민국의 1개 대대가 미국의 1개 소대 이상의 화력을 내는 게 쉽지 않다. 한국은 소위 말하는 알보병 위주의 병력인 데 반해 미국은 기계화되어 있고, 장비도 개개인의 총기에 대한 레일 시스템뿐만 아니라 방탄복에 화력지원이 충분한 중화기가 배치되어 있으니까.

그에 반해 한국은 방탄복은커녕 수통에서 노르망디의 물맛이 나는 수준이다.

"그게 그렇게 큰 차이인가?"

"큰 차이야. 아무리 레일 시스템과 개개인의 훈련이 잘되어 있다고 해도, 그건 방어에서는 큰 효과를 내겠지만 공격에서는 효과를 내기 힘들어."

하지만 아파치 헬기와 지대공미사일, 전차라면 이야기가 달라진다.

"아파치 헬기로 상대방 전차를 사냥하고, 지대공미사일로는 반대로 상대방의 헬기를 사냥할 수 있지. 그 후에 전차로 밀고 들어가면? 완전히 이야기가 달라지는 거지."

"민간 군사 기업이 공격도 한다고?"

엠버는 고개를 끄덕거렸다.

"대부분 극비로 처리해서 그렇지 없는 경우는 아니에요. 그리고 그런 경우는 대부분 그 단가가 어마어마해요. 말 그대로 '극비'니까."

"그쪽에서 사활을 걸 만하군."

그 무기에 대한 소유권을 얻는다는 것.

그건 NKK라는 회사가 더 높은 곳으로 가는 결정적 카드다.

"장갑차도 있잖아?"

"장갑차는 사실 별거 아니야. 중요한 건 거기에 달려 있는 능동 방어 시스템이지. 그렇지 않은가요?"

"맞아요. 아마 그것도 판매되는 것 같더군요."

말 그대로 트럭처럼 타고 다니는 장갑차는 대전차 로켓과 만나면 그 안에 있는 승무원들이 산 채로 통구이가 되기 쉬운 먹잇감이 될 뿐이다.

하지만 능동 방어 시스템, 즉 로켓을 미리 격추시키는 장비가 올라가면 그때는 움직이는 거대한 벙커나 마찬가지다.

"경쟁하는 곳이 있나요?"

"네, 블랙스카이요."

"블랙스카이?"

"네, 하지만 그쪽은 가능성이 낮아요. 업계 순위로는 8위 정도 되거든요. 로비하기에는 재정 규모가 안 좋아요."

"그렇군요."

노형진이 갑자기 씩 웃었다.

"왜요?"

"8위면, 위로 올리면 되는 거죠, 후후후."

노형진은 씩 웃으며 말했다.

"오랜만에 친구를 만나는 것도 나쁘지 않겠네요."

두 사람은 고개를 갸웃했다.

⚖️

"오랜만이네요."

"미스터 노를 미국에서 보게 될 줄은 몰랐습니다."

존은 노형진을 보면서 미소를 지었다.

과거에 노형진과 구출 작전을 한 경험이 있는 그는 한국인이었다.

그는 블랙스카이라는 민간 군사 기업의 비밀 팀 중 하나였다.

"메디슨은 어떻게 지내나요?"

"피를 좀 보기는 했지만, 뭐…….."

사실 메디슨의 팀은 미 정부에 버려진 팀이었다.

민간인 학살의 책임을 지고 모조리 사형당하게 된다.

'원래'는 말이다.

"피를 본다라…….."

"네, 말씀하신 대로더군요."

그들이 민간인 구역에 갔을 때, 이미 그 지역 사람들은 모조리 학살당한 후였다.

노형진이 경고를 해 줬기 때문에 메디슨은 들어가는 순간부터 계속 촬영했고, 나중에 미 정부에서 그곳에 대한 책임을 물었을 때 그걸 증거로 제출했다.

"거절하지는 않으셨군요."

"민간 군사 기업이 미 정부의 부탁을 거절하는 데에는 한계가 있으니까요."

노형진은 고개를 끄덕거렸다.

그러면 아마 바로 허가가 취소될 것이다.

"하지만 덕분에 전화위복이 되었습니다."

그 영상에는 몇몇 미군 부대에서 했다는 증거들이 찍혀 있었고, 메디슨 팀에게 뒤집어씌우려고 다급하게 그들을 투입했던 미국은 도리어 역습을 당해서 블랙스카이에 막대한 이권을 주고 사건을 무마해야 했다.

"그 덕분에 대장이 노 변호사님한테 너무 고마워합니다.

아마 대 달라고 하면 엉덩이도 대 줄걸요?"

"무서운 소리 마시고요."

"그만큼 고마워한다는 겁니다. 졸지에 죄 뒤집어쓰고 죽을 뻔하지 않았습니까?"

존은 히죽 웃었다.

엿 같은 한국에서 벗어나서 여기까지 왔는데 누명을 뒤집어쓰고 죽을 뻔했다니.

"그런데 무슨 일로 저를 만나자고 하신 건가요?"

"이번에 미 정부의 민간 기업 고용 계획 아시죠?"

"알죠. 이쪽은 다 알죠."

존은 고개를 끄덕거렸다.

모를 수가 없다.

워낙 큰 건이니까.

"블랙스카이 쪽도 손을 대 보려고 하는데, 뭐 죄다 달라붙어 있어서요. 1등하고 2등 빼고는 말이지요."

"그들이 빠졌어요? 왜요?"

"아, 그쪽은 이미 계약된 게 많아서요."

그걸 이행하기에도 인원이 벅차다.

그러니 다른 업체를 뽑을 수밖에 없는 것이리라.

"그렇다고 3위를 하자니, 말이 나오는 것도 사실이고."

존은 입맛을 다셨다.

자신들도 하고 싶지만 워낙 큰 건이라 끼어들 수 있을 가능성이 낮다.

"그래서 그러는데, 혹시 끼어드실 생각 있나요?"

"네? 그걸 일개 대원인 제가 어떻게 압니까?"

"말을 전해 주세요."

노형진이 블랙스카이의 대표인 로스를 만나지 않고 존을 만난 이유는 간단하다.

자신들이 끼어든 흔적을 만들면 안 되니까.

그리고 존은 공식적으로는 죽은 존재다.

비밀 작전에 투입할 목적으로 키워진.

그러니 아무리 리키 오쇼라고 해도 노형진을 추적하지는 못할 것이다.

"리키 오쇼에게 엿을 좀 먹이려고 합니다."

"리키 오쇼요?"

존이 눈을 찌푸렸다.

"압니까?"

"뭐, 유명하죠."

아무래도 이 일을 하면서 브로커에 대해 모를 수는 없으니 말이다.

"저희를 도와주신다는 건가요?"

"네."

"하지만 쉽지 않을 텐데요."

리키 오쇼라고 하면 자신들이 아무리 날고뛰어도 못 이길 상대다.

더군다나 그의 로비력은 뛰어난 걸로 소문이 자자하다.

"그를 꺾을 정도의 로비를 할 수 있는 사람들에게 저희가 접근할 수는 없습니다."

블랙스카이가 제법 크다고는 하지만, 그 정도 싸움에 끼어들 만한 로비스트를 고용하는 데에는 한계가 있다.

지금 벌어지는 이 싸움은 말 그대로 별들의 전쟁이나 마찬가지니까.

"그래서 제가 접촉한 겁니다. 제가 도움을 청할 만한 사람을 알거든요."

"도움을 청할 만한 사람?"

"네."

"리키 오쇼랑 척지면서까지 우리를 도우려고 하는 사람이 있을까요?"

"있습니다. 이미 적이거든요. 엿을 먹일 수만 있다면, 그리고 충분한 보상이 이루어진다면 그는 기꺼이 끼어들 겁니다."

"그게 누군데요?"

"그레고리 브라이트."

"네? 그레고리 브라이트? 잠깐만…… 그 사람……."

존은 입을 쩍 벌렸다.

"2위 기업인 리전델타의 보스잖아요!"

"네. 군사 기업의 로비를 가장 잘하는 건 그 기업의 보스 아니겠습니까? 후후후."

⚖

　며칠 전, 리전델타의 보스를 로비스트로 삼겠다는 말에 엠
버는 기겁했다.
　사실 노형진은 2위 기업인 델타가 이미 거기에 끼지 않는
다는 것을 알고 있었다.
　"그 사람이 도와주겠어요?"
　"도와줄 겁니다. 그는 관계만 보자면 리키 오쇼와 철천지
원수라고 해도 무방하거든요."
　"아니, 어째서요?"
　작전을 설명하고 다른 로비스트를 선임한다고 했을 때 엠
버는 전문 로비스트를 고용할 거라 생각했다.
　그런데 민간 군사 기업인 리전델타의 보스라니?
　"그 사람은 로비스트 경험이 없을 텐데요?"
　"없는 게 아니죠. 지금까지는 자기 회사만을 위해 일했을
뿐. 상식적으로 군사 기업의 보스가 로비 경험이 없다는 게
말이나 됩니까?"
　"아…… 그건 그러네요. 하지만 그렇다고 해도 이해가 안
가는데요."
　한 명은 로비스트계의 거두, 또 한 명은 민간 군사 기업의

이것이법이다

거두다.

양쪽 다 접점이라고는 보이지 않는데 둘이 철천지원수라니.

'나도 회귀하지 않았다면 몰랐을 테니까.'

아마 그 주변에서도 그 사실을 아는 사람은 아주 극소수일 것이다. 그도 우연히 알게 된 사실이니까.

"그레고리 브라이트는 군인 출신입니다."

"저도 알죠. 군사 기업 대표 중에 그렇지 않은 사람은 없으니까요."

"그렇죠. 그런데 그는 전투 중 부상으로 인해 전역했어요."

"그래요?"

"네. 문제는 그 책임이 바로 리키 오쇼에게 있다는 겁니다."

"네?"

"뭐라고?"

깜짝 놀라서 노형진을 바라보는 손채림과 엠버.

전혀 알지 못하던 비하인드 스토리였다.

"사실 그때 리키 오쇼는 대학 학비를 벌기 위해 군에 지원했습니다."

미군은 월급이 많기 때문에 많은 사람들이 학비를 벌기 위해 지원한다. 지금도 그렇지만 그때는 베트남전이 한창인 때라 군인에 대한 지원이 어마어마하게 좋았으니까.

"그리고 그레고리 브라이트의 중대에 배치되었지요."

"전혀 몰랐어요."

"그때 기록을 찾아보는 사람은 드무니까요. 더군다나 그 당시 기록은 대부분 보안으로 묶여 있으니까요."

"그건 그래요."

엠버는 고개를 끄덕거렸다.

"미국이 패배한, 흔치 않은 전쟁. 미 정부는 그 기록의 공개를 꺼리는 편이죠."

"네. 그리고 그곳에서 두 사람의 악연이 시작되었습니다. 정확하게는 리키 오쇼가 초대형 사고를 쳤지요."

"수색을 하다가 실수라도 한 건가요?"

"그런 거라면 원수까지 되지는 않습니다."

매일같이 병사들이 죽어 나가고 매일같이 신병이 날아오는 전쟁터.

신병들이 실수하는 것은 흔하다 못해서 당연한 일이었다.

"리키 오쇼는 프랜들리 파이어를 했습니다."

"허억!"

"물론 공식적으로는 오발 사고죠."

프랜들리 파이어.

아군에 대한 사격.

"뭐, 그때도 욱하는 성질이 있었던 것 같습니다."

군에 입대한 후 베트남전에 참전했다.

그리고 그곳에서 군 생활을 시작했다.

"문제는 그 당시에 미군도 선진 군대는 아니었다는 거죠."

구타와 모욕이 만연하고 매일같이 목숨을 건 전투가 계속되었다.

경험도 없는 초짜 장교들이 와서 지랄하다가 아군의 손에 조용히 죽는 것도 흔하게 있는 일이었다.

"그 당시 그레고리 브라이트는 중대장이었습니다."

그리고 그 아래에 리키 오쇼가 있었다.

그런데 그 사이의 소대장이 상당히 고압적이고 폭력적이었다.

"그러던 중 중대가 대대적으로 작전을 나간 적이 있습니다."

조용히 움직이던 도중 어떤 트러블이 있었는지는 모른다.

하지만 리키 오쇼는 소대장에게 프래깅을 시도했다.

"그걸로 원수가 된 건가요?"

"아니요. 문제는 실패했다는 거죠."

상관 살해는 심각한 문제다.

그리고 실패했으니 대상은 살아남았고, 결과적으로 처벌을 피할 수가 없게 되었다.

"그래서 리키 오쇼는 도망쳤습니다."

그런데 도망치다가 베트콩에게 사로잡혀 버렸다.

"그는 부대의 동선을 술술 불어 버렸죠."

몇 대 맞은 그는 겁을 집어먹고 작전 중인 부대의 동선을 모조리 불었다.

작전을 나가면 주변을 슬슬 돌면서 하루 이틀 노숙하는 게 아니다. 무려 일주일짜리 작전이었고, 그는 작전 이틀 만에 도망친 것이었다.

"그래서 그레고리 브라이트의 중대는 퇴로가 막혀 버렸습니다."

1개 중대 병력이 1개 여단 병력의 베트콩에 포위되었다.

살아남기 위해 지원과 포격을 요청하고 최후에는 Fire within the position, 그러니까 진내 사격을 요청해야 했던 그레고리 브라이트.

"그 일로 인해 중대의 80%가 사망했고 그레고리 브라이트는 왼쪽 눈을 잃었습니다. 그리고 그를 구하기 위해 왔던 가장 절친한 친구도, 헬기가 격추되면서 사망했죠."

"아…….."

전혀 상상도 못 한 일이었다.

하긴, 그런 어마어마한 패배를 미군이 공개할 리 없다.

"그 후에 그는 명예 훈장을 받고 은퇴하여 민간 군사 기업을 차렸습니다."

"그 리키 오쇼는? 나 같으면 죽였을 것 같은데?"

"당장 봤다면 그랬겠지."

하지만 그러지 못했다.

리키 오쇼는 바로 돌아온 게 아니었다.

얼마 후 이뤄진 종전 협상의 포로 반환 조약에 따라 1년 반 후에 돌아왔다.

"그 당시에 그레고리는 재활 중이었으니까."

그 병신 같은 놈이 설마 다시 미국으로 왔을 거라고는 생각도 못 했을 것이다.

"그러다가 서로 어느 정도 자리를 잡고 나서야 부딪혔지."

그레고리는 그가 프래깅에 실패하여 탈영한 걸 알고 있었다.

그리고 그 후에 갑작스럽게 퇴로가 막히고 습격이 시작되었다.

"당연히 그는 자신의 힘으로 무슨 일이 있었는지 알아보려고 했지. 아니, 사실 알아볼 필요도 없었어."

리키 오쇼도 인정했으니까.

"그런데 처벌을 받지 않았다고?"

"공식적으로는 그래."

그는 전투 중 실종된 것이었고, 그 후에 고문을 당했다고 이야기했다.

"문제는 그레고리 입장에서는 그게 아니라는 걸 증명할 방법이 없다는 거지."

전투 중에 관련자들은 모조리 죽거나 예편했기에, 이제 와서 저놈이 프래깅을 했다고 주장해도 믿어 주는 사람도 없었다.

"더군다나 그때는 이미 리키 오쇼가 자리 잡고 로비스트로서 성장할 때였거든."

그러니 미국 정부 입장에서도 무조건 그레고리의 말을 믿을 수는 없었다.

"그레고리 입장에서도, 자신의 부하들이 이미 적지 않은데 그들을 걸고 리키 오쇼와 전쟁을 할 수는 없었지."

결과적으로 부하들을 죽이고 자신의 왼쪽 눈을 빼앗아 간 철천지원수.

"아마 그레고리는 리키 오쇼를 잡을 수만 있다면 뭐든 할 거야."

"뭐든?"

"그래, 뭐든."

그리고 그 '뭐든'이 이번 일을 해결할 카드였다.

외나무다리를 만들어 드리죠

노형진은 그레고리를 만나러 갔다.

미다스의 미국 대리인이라는 타이틀을 가진 엠버가 만나자고 하자 그쪽은 별로 힘들 것 없이 약속을 잡았다.

"반갑습니다. 리전델타의 대표인 그레고리 브라이트요."

그는 말을 하면서 노형진과 엠버를 바라보았다.

정교하게 만든 의안이었지만 한쪽 눈은 움직이지 않았기 때문에 그 모습은 상당히 기괴해 보였다.

"나한테 할 말이 있다고 들었는데?"

"다름이 아니라 저희를 도와주셨으면 합니다."

"투자도 아니고 도와 달라? 뭘 말이오?"

"저희가 이번에 블랙스카이에 투자하려고 합니다."

"블랙스카이? 거기 7위든가 8위든가 할 텐데?"

"네."

"흠…… 미다스가 관심을 가지기에는 너무 순위가 낮은 거 아니오?"

"그래서 더더욱 투자하려고 하는 겁니다. 키워야 돈이 되니까요."

"키워야 돈이 된다, 틀린 말은 아니지. 그런데 그거랑 나랑 무슨 관계요?"

"그들을 위해 로비를 좀 해 주셨으면 해서요."

"하?"

그레고리는 어이가 없다는 듯 짧은 소리를 냈다.

"나보고 경쟁사를 위해 로비를 해 달라?"

"네."

"미다스가 누군지 모르지만, 제정신이 아닌 거 아니오? 세상천지에 어떤 사람이 경쟁사를 키우려고 로비를 할까? 쯧쯧."

혀를 끌끌 차는 그레고리.

"물론 공짜는 아닙니다. 충분한 대가를 드리지요."

"내가 돈이 없는 것 같아 보이오?"

그레고리는 피식 웃었다.

돈이 없다면 직접 그 판에 끼어들었지, 남을 위해 로비해 줄 리 없다.

"미다스가 무슨 생각을 하는지 모르겠지만 나는 그럴 생각이 없소이다. 더군다나 난 로비스트도 아니고."

"압니다. 그래서 더더욱 그레고리 씨를 만나러 온 겁니다."

"돈으로 나를 회유할 생각은 마시오. 돈으로 압박할 생각도 말고. 나도 아는 사람 많다오."

"아는 분이 많으니까 충분히 로비스트의 역할을 할 수 있으시겠지요."

"거참, 말 안 듣는 변호사들이로군. 하긴, 변호사라는 족속이 그렇지."

그의 눈에 경멸이 스치고 지나갔다.

그 순간 노형진은 속으로 고개를 끄덕거렸다.

'리키 오쇼의 일이 있으니 변호사를 좋게 볼 수 없겠지.'

반대로 말하면 그만큼 리키 오쇼를 증오한다는 소리다.

"이만 나가시오, 내가 해 줄 말은 없는 것 같으니."

"제가 드리고자 하는 보상은 돈이 아닙니다."

"돈이 아니다? 요즘 같은 자본주의 시대에 돈 말고 줄 게 뭐가 있겠소? 죽은 사람을 살려 낼 것이 아니라면 말이오."

"죽은 사람을 살려 낼 수는 없습니다. 하지만 복수는 할 수 있지요."

"뭐라?"

조용히 있던 노형진이 끼어들자 그레고리의 남은 한쪽 눈이 자연스럽게 노형진에게 향했다.

"복수? 내가 복수를 하고 싶어 할 거라는 거요? 웃기는군.

내가 힘이 없어서 복수를 못 한다 생각하오?"

"아닙니다. 하지만 상대방은 더 힘이 있기 때문에 못 하시는 거죠."

"하, 내가 복수를 해 줘야 할 존재나 있고?"

"베트남에서 잃어버린 부하들이 있지 않습니까?"

그레고리는 순간 말문이 막혔다.

지금 이 순간도 그때를 생각하면 속에서 열불이 났다.

"그걸 어떻게……."

자신을 지키다가 쓰러진 병사들.

사방에서 날아오는 총알들과, 이리저리 튀는 피와 뇌수.

한 명이라도 살리겠다고 뛰어다니던 의무병.

베트콩들이 최종 방어선을 뚫고 자신의 코앞에 도착했을 때, 그는 죽어 쓰러진 통신병의 무전기를 붙잡고 진내 사격을 외쳐야 했다.

그리고 그 선택으로 인해 부하들의 시신조차도 제대로 찾지 못했다.

"으음……."

어느새 그의 손은 부들부들 떨리고 입술은 앙다물렸다.

"그 일을 아는 줄은 몰랐는데."

"그 일의 주범이 리키 오쇼라는 것도 알고 있지요."

"……."

더욱 말을 잃어버리는 그레고리.

그의 눈에는 심각한 의심이 깃들었다.

"뭘 원하는 거지?"

"같은 걸 원합니다."

"어째서?"

그가 리키 오쇼의 몰락을 바라는 것은 사실이나, 그렇다고 해서 멍청한 것도 아니다.

사실상 미국의 기밀에 가까운 내용을 알고 접근한 것도 이상하고, 이유도 없이 리키 오쇼를 노리는 것도 이상했다.

"기밀이라……. 미다스에게 그게 의미가 있을까요? 그 정도는 1급 기밀도 아닐 텐데."

"……."

"사실 이 정도면 기밀이라고 볼 수도 없죠."

그저 그 기록을 찾을 이유가 없어서 찾지 않을 뿐이다.

"그 사건의 진실은 그렇다고 치고, 그를 노리는 이유가 뭐지?"

"돈이지요. 뭐가 있겠습니까?"

"돈? 물론 돈이겠지. 하지만 블랙스카이에 투자한다고 해서 돈이 나올까? 확실히 10억 달러면 적은 돈은 아니지만, 그를 적대할 정도의 돈도 아닐 텐데?"

"그 건만이라면 그렇지요."

노형진은 그레고리를 똑바로 바라보면서 말했다.

"다시 한 번 소개를 하죠. 이쪽은 엠버 브라운. 미다스의 미국 대리인이자 드림 로펌의 대표입니다."

"그게 오쇼랑 무슨 관계인지 모르겠군."

"뉴스를 안 보시나 보군요. 뉴스만 보셨어도 충분히 아실 텐데."

그레고리는 움찔했다. 쉬쉬하기는 하지만 드림 로펌이 지난 몇 달간 얼마나 벌었는지는 감출 수는 없었기 때문이다.

그리고 어떤 대상을 쥐고 흔드는지도.

"로비스트는 관련된 기업이 많지요. 그가 흔들리면 덩달아 흔들릴 주식도 많은 법이고요."

"으음……."

그레고리는 침음성을 흘렸다.

그도 안다.

얼마 전에 두 눈으로 똑똑히 보지 않았던가?

자신이 몇 년에 걸쳐서 버는 돈을, 드림은 단 몇 달 만에 싹 쓸어 갔다. 드림 로펌이 그 정도이니 미다스는 얼마나 벌었을지 감도 안 잡힌다.

"그러면 그 리키 오쇼가 표적이 된 이유는?"

"흔들려면 큰 놈을 흔드는 게 이득이지요. 그리고 뒤가 구릴수록 더 좋고요. 결정적으로 그쪽에게 약간 좋지 않은 감정이 있습니다."

"좋지 않은 감정?"

"미다스가 그에게 두들겨 맞은 적이 있거든요."

"허?"

그레고리는 얼빠진 얼굴이 되었다. 리키 오쇼가 미친놈인 건 알았지만 설마 미다스를 패다니?

"진짜인가?"

"네. 리키 오쇼 본인은 모르겠지만요."

물론 앞으로도 영원히 모를 것이다.

회귀 전에 벌어진 일이니까.

"그런 거라면…… 이해가 가는군."

"그리고 당신 입장에서도 손해 볼 건 없는 것 같은데요?"

그레고리의 기준으로 보면 블랙스카이는 무척이나 후발 주자이고, 위협조차 되지 않는 곳이다.

블랙스카이에서 이번 계약을 따내어 성장한다고 해도 결국 5위 정도이지 그 이상은 힘들다.

"하지만 NKK는 이야기가 좀 다르죠."

만일 NKK가 성공적으로 성장한다면 리전델타의 자리를 노리게 될 수도 있다.

"리키 오쇼의 로비 실력이면 이쪽 일을 빼앗아 갈 수도 있고요."

"틀린 말은 아니군."

그레고리는 눈을 찌푸렸다.

"뭐, 로비스트 노릇이야 해 줄 수 있지. 하지만 그게 한두 푼 드는 게 아닐 텐데."

"말씀드렸잖습니까, 투자하는 것은 미다스라고."

그는 고개를 끄덕거렸다.

"돈은 부족할 리 없겠군. 하지만 내가 뜬금없이 나서면 의심할 텐데? 날 찾아온 걸 보니 드림 쪽은 나서고 싶지 않은 모양인데."

"정확하시네요."

"이 짓거리도 하려면 눈치가 빨라야 하니까."

"뭐, 이유야 만들면 되지 않습니까?"

"이유?"

"가령 리전델타와 블랙스카이가 합병한다든가."

"흠……."

충분히 가능한 일이다.

안 그래도 리전델타는 고질적인 인원 부족 현상을 겪고 있는 상황이다. 그러니 하위 순위의 회사와 합병을 한다 해도 이상할 것은 없고…….

"그걸 소문을 낸다?"

"네."

확실히 그러면 의심은 하지 않을 것이다. 어차피 합병하려면 큰 건을 잡아 두고 하는 게 훨씬 유리하니까.

"좋아, 내가 로비하지. 그 망할 놈에게 엿을 먹일 수만 있다면 말이지."

노형진은 미소를 지었다.

'그러면 아무리 오쇼라고 해도 못 건드리지.'

애초에 그 둘은 철천지원수다.

그저 상황이 되지 않아서 싸우지 못한 것일 뿐.

'원수를 외나무다리에서 만나게 하면 서로 알아서 싸울 거란 말이지, 후후후.'

그럼 자신이 해야 하는 일은 간단해진다.

그 외나무다리를 만들어 주는 것.

"잘 부탁드립니다, 후후후."

다리를 만들어 줬으니, 남은 것은 그 둘이 싸우기를 기다리는 것뿐이다.

⚖

"뭐라고?"

리키 오쇼는 그레고리가 자신의 반대쪽에서 로비하고 다닌다는 이야기를 듣고 부들부들 떨었다.

"이 미친놈의 애꾸가 결국 전쟁을 선포하는군."

그 둘은 서로 다른 세계에 있는지라 이제까지 싸울 일도 없었다. 그런데 어쩌다 보니 같은 세계에서 싸우는 상황이 되어 버렸다.

"그놈이 갑자기 블랙스카이를 밀어주는 이유가 뭐야?"

"시중에 블랙스카이와의 합병설이 나왔습니다."

"블랙스카이와?"

"네, 아무래도 블랙스카이와 합병하기 전에 그쪽을 키우려고 하는 모양입니다."

"젠장, 망할 놈! 베트남에서 죽어 버릴 것이지."

계약 사항에 분명히 무기의 판매 조건이 있다.

하지만 리전델타에는 이미 그런 장비가 있다.

"하지만 더 가지고 있으면 1위를 노릴 수도 있겠지."

아무리 미 정부라고 해도 특정 집단이 과도한 무장을 할 수 있게 허락하지는 않는다.

그러나 리전델타와 블랙스카이가 계약을 따낸 상태로 합병하면 어마어마한 규모가 될 것이다.

"안 돼! 그럴 수는 없어!"

리키 오쇼는 이를 빠드득 갈았다.

"당장 다른 의원들을 만나 봐야겠어."

"대표님, 이미 몇 번 만나 보지 않으셨습니까? 그레고리 쪽에서 갑자기 움직이기 시작하기는 했지만, 다들 이쪽과 거래하기로 했습니다."

"그건 알고 있어."

"그러니 그렇게 과민 반응하지 않으셔도 됩니다만……."

"알고 있다고!"

말하던 와중에 날아온 주먹에 얻어맞은 부하가 휘청하면서 바닥에 쓰러졌다.

"내가 알고 있다고 몇 번 말해야 해! 어! 내가 바보로 보여!"

"아닙니다."

"젠장, 그 그레고리가 나랑 싸우려고 덤비는데, 그런데 모른 척하라고? 웃기지 마!"

"하지만 더 로비하려면 NKK 측이 허락해야 하는데요. 이미 그들이 제시한 조건의 돈은 다 썼습니다."

리키 오쇼는 말문이 막혔다.

자신의 인생이 걸려 있는 계약, 그리고 거기에 들어갈 어마어마한 돈.

'망할…….'

그때 발끈해서 그 배관공만 때리지 않았어도 일이 이렇게 틀어지지는 않았을 것이다.

하지만 그 배관공을 때렸고, 하필이면 그걸 NKK 소속의 로비스트가 다 보고 있었다.

만일 여기서 떨어지면 그게 시중으로 나갈 것이다.

최소한 재판이 끝날 때까지는 시간을 끌어야 한다.

그 후에는 어떻게 해서든 입을 다물게 할 수 있다.

"입 닥치고 내 말대로 해. 내가 나중에 다시 청구해서 받아 낼 테니까. 우선은 회사 자금으로 처리하고."

"알겠습니다."

쓰러졌던 부하는 별말 하지 않고 일어나 바깥으로 나갔다.

그 뒷모습을 바라보던 리키 오쇼는 창밖으로 시선을 옮기며 빠드득 이를 갈았다.

"그레고리, 나랑 싸우자 이거지. 그래, 두고 보자. 네놈도 이제는 끝이다."

그는 수십 년 전 하지 못한 일을 이제는 끝낼 생각을 했다.

그레고리가 여기저기 사람을 만나고 다니면서 블랙스카이를 밀어주고 있다는 소식에 노형진은 미소를 지었다.

"내 예상이 맞네. 열심히도 일하는군."

"그런데 성공할까?"

"그건 나도 몰라."

노형진이 지원금을 준다고 하지만 로비라는 것이 합법적인 미국에서 그레고리만 로비하고 있는 것은 아닐 것이다.

"1등과 2등을 제외한 다른 곳이 다 달라붙었으니까."

"쩝."

다른 건 몰라도 무기 판매 조건은 모든 민간 군사 기업의 꿈이나 마찬가지였다.

"도대체가 이 사업이 이렇게 큰 이유를 모르겠다."

손채림은 호텔의 바깥을 보면서 중얼거렸다.

그녀가 생각하는 용병이라는 것이 이렇게 돈이 될 만한 것인지, 전혀 감이 잡히지 않았기 때문이다.

"단순히 돈 받고 싸워 주는 게 용병 아니야?"

"맞아."

"그런데 10억 달러라니 말이나 돼?"

"되니까 하는 거야."

노형진은 노트북으로 뭔가를 찾다가 몸을 빙글 돌리며 말했다.

"너 미국의 민간 군사 기업인 블랙워드가 작년에 벌어들인 돈이 얼마인지 알아?"

"글쎄. 얼마나 되는데?"

"110억 달러."

"뭐!"

"지금도 매년 그 이상 벌어들이고 있지."

"이런 미친……."

"그 유명한 관타나모 수용소도 그들이 만든 거야."

미국의, 들어가면 나올 수 없다는 그곳.

체포당하면 수사도, 재판도 없이 들어간다는 그곳을 만든 게 다름 아닌 민간 군사 기업이다.

"그들은 용병이면서 동시에 전투 지원 전문가들이야."

단순히 싸우는 것만이 아니라 뒤에서 전투에 필요한 모든 것을 지원한다.

미국은 전투병을 제외한 대부분의 지원을 민영화했다.

"거기에다 '미군이 양민을 학살했다.'와 '용병이 양민을 학살했다.' 이 중에 어느 쪽이 더 안 좋아 보여?"

"어? 미군 쪽이겠지?"

미군은 말 그대로 군대다.

보통 타국에서 군사작전을 시행하는 걸 생각하면, 그 타국 입장에서는 외국 군대가 자기 나라에서 학살을 자행한 것이다.

"그에 반해 용병이 학살했다고 하면 그 욕이나 위험부담은 훨씬 덜하지."

"하지만 그것도 나쁜 거잖아."

"일단 미국은 욕먹지 않잖아. 그리고 용병들은 미국의 계약에 따라 그들이 저지른 일에 대해 전투행위로 봐서 면책권을 주는 법이 있어."

"그런 법이 있어?"

"그래."

그 법 때문에 그들이 다른 나라에서 학살해도 미국 내에서 처벌하지 않는다.

물론 다른 나라에서 그들의 신병을 요구한다고 해도 절대 주지 않는다.

"자국 내 국민을 법에 따라 보호하는 거니까. 전형적인 악법이지."

학살을 한 용병이 그 나라에 다시 갈 일이 없다면 처벌은 불가능한 셈이다.

그리고 멍청이가 아닌 이상 그 나라에 갈 사람은 없다.

"해외에서 납치하거나 암살하기에는, 미국이라는 거대한

나라를 상대해야 하는 거니 제삼국들은 절대 그럴 수 없어."

하물며 유럽도 그러지 못하는데 그랬다가는 안 그래도 전쟁거리를 찾는 미국의 공격주의자들, 즉 매파가 그냥 둘 리 없다.

"그러면 고문이나 살인도?"

"그래, 그것도 마찬가지. 한국에서 하청에 재하청을 주는 것과 똑같아."

책임을 면하기 위해 다른 사람을 고용하는 것이다.

"그러니 미국의 민간 군사 시스템이 성장할 수밖에 없는 거고."

"우울한 이야기다."

"현실이야."

그리고 쉬쉬하는 정보이기도 하다.

아마 회귀 전 리키 오쇼의 아래에서 일하지 않았다면 노형진 역시 그 정보의 추악한 내면을 몰랐을 것이다.

'부통령까지 관계되어 있는 곳이지.'

대놓고 부통령과 관계되어 있는 게 현실인데 대통령이 관계가 없을까?

"그러면 블랙스카이가 성장하면 수익이 어마어마하겠네."

"그렇겠지. 더러운 돈이라서 좀 찜찜하기는 하지만."

결국 누군가 하게 될 일이기는 하다.

"일단 미국에서 용병을 선호하는 이유는 알겠어."

손채림은 고개를 끄덕거렸다.

"그러면 이제 우리는 어떻게 해야 하는 거야? 그 싸움이 끝나면 리키 오쇼를 덮쳐야 하나?"

"그건 무리야."

이번에 진다고 해서 리키 오쇼가 무너지지는 않을 것이다.

"아무리 NKK라고 해도 리키 오쇼를 적대하고 싶지는 않을걸. 지금이야 적당히 압박하는 수준일 테고."

물론 잠깐 흔들릴 수는 있다.

하지만 NKK 입장에서도 그를 적대해 봤자 좋을 게 하나도 없다. 로비스트의 힘은 총이 아니라 권력에서 나오니까.

"그 권력을 잘라 버린다면 어떨까?"

"권력을 잘라 버린다?"

"그래, 리키 오쇼가 다른 권력자들을 배신하는 거지."

"이해가 안 가는데?"

"로비스트의 권력은 개인의 것이 아니야."

엄밀하게 말하면 로비스트의 권력은 타인의 권력에 기대어 있는 형태다. 권력을 가진 누군가의 편의를 봐주고 그의 보호를 받는.

"한국에서는 정승집 노비도 헛기침하고 다닌다고 비유하곤 하지."

주인이 정승이 되면 노비도 그 권력을 누린다는 뜻이다.

그리고 노형진의 계획은 간단했다.

이것이 법이다

"그들의 권력을 잘라 내면 아마 리키 오쇼의 힘은 완전히 날아갈 거야."

"하지만 그게 쉽겠어?"

손채림은 부정적이었다. 지금까지 서로 잘 주고받던 그들이 갑자기 등을 돌릴 가능성은 거의 없지 않은가?

"거의 없지."

노형진은 씩 웃으며 말했다.

"하지만 그렇게 생각하게 하면 되는 거야."

⚖

노형진은 그레고리 브라이트에게 로비하는 대상을 만날 수 있게 자리를 주선해 달라고 부탁했다.

"그들을 만나겠다고? 그게 무슨 말이야? 직접 로비하려고?"

"아니요. 그럴 리 없지요. 그들이 절 뭘 믿고 로비를 받아 줍니까?"

아무리 대외적으로는 미다스의 대리인이라고 하지만 그는 한국 대리인이고, 미국 대리인은 엠버다.

그러니 자신을 믿지는 않을 것이다.

"하지만 리키 오쇼에 대해 경고 정도는 할 수 있지요."

"그런다고 그들이 믿을까?"

산전수전 다 겪은 사람들이다.

당연히 로비하다 보면 라이벌에 대한 부정적인 이야기가
나온다.

"안 믿을 수도 있지요. 하지만 그게 자신의 약점이 된다면
이야기가 달라집니다."

"뭐라고? 약점?"

"리키 오쇼가 로비 내역을 중국에 판다는 이야기가 있습니다."

그레고리는 움찔했다.

"그게 사실이야? 도대체 어디서 도는 소문이야?"

"미다스의 정보력을 무시하지 마십시오. 정보가 있는 곳
에 돈이 있는 법이니까요."

그레고리는 인정할 수밖에 없었다.

지금까지 단 한 번도 실패한 적이 없는 투자자.

그게 단순히 운의 힘만은 아닐 것이다. 그들이 모르는 어
떤 정보를 얻는 라인이 있는 게 분명했다.

"물론 소문일 뿐입니다. 소문이라는 게 다 맞는 건 아닙니
다만……."

노형진은 고의적으로 말을 흐렸다.

소문이 사실인지 아닌지는 당사자만 알 수 있으니까.

'물론 개뻥이지.'

중요한 건 그게 아니다. 그런 소문이 돈다는 것이 중요하지.

"그 미친놈이 그게 무슨 의미인지 알고 하는 건지. 아니,
그놈이라면…… 그럴 만하지."

그레고리는 이를 빠드득 갈았다.

자기 살자고 전우를 팔아먹은 놈이다.

그런 놈이 자기 이득을 위해 중국에다가 기밀을 팔아먹는 다고 해도 새삼 이상할 것도 없다.

한 번 해 봤는데 두 번 못 해 먹겠는가?

"심각한 문제지요?"

"심각한 문제야, 잘못하면 미국이 흔들릴 만큼."

그 로비 내역 자체는 군사기밀은 아니다.

하지만 그게 정치인에게는 치명적인 약점이 되어 버리니, 정치인은 그걸 감추기 위해 주요 정책이나 기밀을 내놓을 수 밖에 없다.

"그런 건 내가 경고해 줘도 될 텐데?"

"경고만이라면 그렇지요. 하지만 이미 그들의 위협에 굴 해 중국 쪽에 넘어간 사람이 있다고 합니다."

"뭐라고?"

"한두 번 그런 게 아닐 테니까요. 이미 넘어간 사람이 없 으리라는 보장은 없습니다."

그레고리의 손이 부들부들 떨렸다.

그는 참전 용사 출신이고 또 전형적인 군인이다.

굳이 표현하자면 주전파, 그러니까 미국 쪽으로 보면 매파 에 속하는 사람이다.

정치인이 조국을 배신하고 중국에 붙었다는 말을 들으면

분노할 수밖에 없는 사람이었다.

"그럴 리 없다는 말을 할 수가 없군."

미국 내에서도 장기적으로 최대의 적성국은 중국이라고 생각하는 와중이다.

중국 스파이들이 사방에 넘쳐 난다.

얼마 전에는 미국의 주요 기술이 넘어가서 발칵 뒤집어진 적이 있었다. 스텔스 도료에 관한 기술이었는데, 그 기술이 새어 나간 곳은 결국 찾지 못했다.

"중국도 매년 미국 스파이를 열 명 이상 처형하고 있는 걸로 알고 있습니다만."

"무식한 놈들이지."

노형진은 속으로 살짝 비웃었다.

'그건 미국도 마찬가지 아닌가?'

그들은 죽이지만, 미국은 관타나모에 처박아 둔다.

그리고 정보를 다 캐낼 때까지 갖은 고문을 한다.

'애초에 스파이는 포로 협정의 대상도 아니니까.'

중요한 건, 소문일 뿐이라고 하지만 리키 오쇼가 그들에게 정보를 판다는 것이다.

"그걸 제가 알아낼 수 있을 것 같습니다."

"어떻게?"

"얼치기이기는 하지만, 행동심리학을 약간 배웠거든요."

"그래?"

"네, 행동심리학자 정도는 아니지만 행동이 이상하다는 정도는 확인할 수 있습니다."

"흠……."

"그리고 그렇게 행동이 이상한 사람들을 집중적으로 조사하면 될 것 같습니다."

그레고리는 잠깐 고민했다.

로비스트로서 본다면 말도 안 되는 소리다.

자신의 이득을 위해 그 정도는 눈감고 있어야 한다.

'하지만 그레고리는 로비스트가 아니지.'

노형진이 다른 로비스트도 많은데 그레고리를 선택한 가장 큰 이유 중 하나가, 그가 진짜 로비스트가 아니라는 것이었다.

다른 자라면 이익 때문에 모른 척하겠지만 그는 매파에 속하는 열혈 애국자다.

그런 타입은 절대 이런 걸 그냥 넘기지 못한다.

"확실하게 잡아낼 수 있나?"

"확실하게 잡아내지는 못합니다. 하지만 의심할 대상은 추릴 수 있겠지요."

"으음."

"확실하게 잡아내려면 진짜 행동심리학자를 데리고 가야 합니다. 고발을 하든가요. 하지만 두 개 다 좋은 선택은 아니죠."

고발하면 적대하겠다는 뜻인 데다, 그가 스파이라는 보장도 없다. 행동심리학자를 데리고 가면 '나는 당신을 의심합니다.'라는 뜻이니 그것도 좋은 건 아니다.

"하지만 저는 일단 미다스의 한국 지부 대변인이니까요."

물론 미국은 엠버가 담당하고 있다.

"그러나 다른 눈을 피하기 위해 제가 왔다고 하면 대충 변명은 됩니다."

"그건 그렇지. 요즘 드림 로펌에 쏠린 눈이 너무 많은 것은 사실이니까."

"그런가요?"

"연속해서 두 번이나 사건을 뒤집었네. 그런데 둘 다 미국 경제를 완전히 뒤흔들었어."

그쯤 되면 모두의 시선이 그쪽으로 쏠리지 않는 게 더 이상한 거다.

"그리고 대부분 이런 경우는 로비스트 쪽으로 넘어가게 되지."

"정확합니다."

기존의 로비스트들은 그걸 결코 반기지 않는다.

라이벌의 등장이니까.

"안 그래도 정치인들도 미다스와 정치적 접점을 만들고 싶어 하니, 미리 양해를 구하고 간다면 거절은 하지 않겠군."

"네, 일단 저희는 공식적으로도 블랙스카이의 투자사이니까요."

그러니 아주 이상한 포지션도 아니다.

"알았네. 자리를 마련해 주지."

"감사합니다."

"그러나 알겠지만, 그쪽을 감시한다는 느낌은 주지 말게."

"절대 그럴 일 없습니다, 후후후."

그들이 노형진에게 기억을 읽는 능력이 있다는 걸 알면 또 모를까, 그들이 노형진에 대해 알아낼 방법은 없었다.

⚖

"노형진입니다."

노형진은 눈앞에 있는 남자를 보면서 침을 꿀꺽 삼켰다.

'역시, 클래스가 다르다 이건가?'

존 뎀프시 상원 의원.

매파의 거두로, 다른 사람이라면 한번 만나기 위해 몇 달은 기다려야 하는 사람이다.

그런데 만나자는 소리 하고 이틀 만에 만나다니.

"지난번에 주신 선물은 잘 받았습니다."

뎀프시 의원은 그레고리를 바라보면서 인사를 건넸다.

"이번 거래가 잘되었으면 좋겠네요."

"그레고리 씨가 이렇게 노력하는데 잘되겠지요."

미소를 지으며 바라보는 뎀프시.

"그런데 이쪽은?"

"아, 이쪽은 노형진 변호사입니다. 미다스의 한국 대리인이지요."

존은 눈을 반짝거리면서 노형진을 바라보았다.

미다스의 대리인은 여러 명이지만, 그중 한국 대리인이 가장 친밀하다는 소문은 널리 들었기 때문이다.

"반갑습니다. 존 뎀프시입니다."

"노형진입니다. 그냥 형진이라고 부르셔도 됩니다."

노형진은 인사를 하면서 그의 손을 꽉 잡았다.

그걸 우호의 뜻으로 알아들었는지 존 뎀프시 역시 꽉 잡았다.

그 순간 노형진은 그를 훅 치고 들어갔다.

"소문의 그분이시군요."

"소문?"

"네. 리키 오쇼에게서 정치자금을 받으셨지요?"

갑자기 공격적으로 나오는 노형진의 행동에 존은 화들짝 놀랐지만, 노형진은 그의 손을 더 꽉 잡았다.

그래야 그의 기억을 읽을 수 있으니까.

"3억이었던가요?"

"좀 기분 나쁘군요. 증거도 없이 말이지요."

손을 떨쳐 내는 존.

노형진은 그 손을 놔줬다.

"기분 나쁘셨다면 죄송합니다. 하지만 확실하게 짚고 넘어가야 했습니다."

"뭘 말입니까?"

눈을 찌푸리는 존 뎀프시.

"당신의 정치 인생에 대해서요."

"너무 예의가 없군요, 미스터 노."

"압니다. 하지만 그만큼 다급한 겁니다. 제가 이런 식으로 충격을 주지 않았다면 제 말을 믿으실 리가 없지 않습니까?"

"그게 무슨 말인가?"

옆에서 그레고리가 노형진을 물끄러미 바라보며 물었다.

노형진은 그를 보면서 차분하게 말했다.

"괜찮습니다. 이분은 안 넘어갔습니다."

"도대체 무슨 말입니까? 그레고리, 이렇게 예의가 없는 사람을 데리고 오다니, 실망이군요."

"미안합니다, 뎀프시 의원. 하지만 상황이 상황인지라……."

"도대체 무슨 상황이기에 이런 말을 하는 겁니까?"

"비밀을 지켜 주셔야 합니다. 이 안에도 스파이가 있을 수 있습니다."

"그게 무슨 말입니까?"

"일단 약속부터 해 주십시오."

그레고리의 말에 존 뎀프시는 잠깐 침묵을 지키다가 고개를 끄덕거렸다.

그도 오래 정치한 덕에 눈치라면 누구보다 빠르니까.

"좋습니다. 비밀은 지켜 드리죠. 하지만 제가 납득할 만한 이유가 있어야 할 겁니다."

그렇지 않다면 불이익을 주겠다는 경고.

그러나 그렇게 뻣뻣하던 그도 노형진의 말을 듣자마자 얼굴이 심각하게 변했다.

"리키 오쇼가 로비 내역을 중국에 넘기고 있습니다."

"뭐라고요?"

노형진은 그에게 그레고리에게 했던 이야기를 다시 차분하게 했다.

그 말을 들은 존 뎀프시는 설마 하는 표정이 되었다.

"말도 안 됩니다. 그럴 이유가 없지 않습니까?"

"그놈은 자기 이득을 위해 동료도 팔아먹은 놈입니다."

"증거도 없이 하는 그런 말은 안 믿습니다."

"증거는 있습니다."

그레고리는 그에게 자신이 군에서 겪었던 일을 이야기해 줬다. 그러자 존 뎀프시의 얼굴은 더 어두워졌다.

노형진은 그런 그에게 쐐기를 박았다.

"스튜어트라는 이름으로 한 번, 그리고 무어라는 이름으로 한 번 받으셨지요? 둘 다 로슨가에 있는 모텔을 이용하셨고요."

"그걸……."

뎀프시는 그 말을 하고는 아차 했다. 자신이 한 말이 결국 자기가 뇌물 받은 걸 인정한 꼴이니까.

하지만 노형진은 담담했다.

"제가 그걸 어떻게 알았을까요?"

"⋯⋯."

그걸 아는 사람은 단 두 명, 자신과 리키 오쇼뿐이었기 때문에 뎀프시 의원은 심각한 표정이 되어 갔다.

심지어 보좌관조차도 데리고 가지 않았던 일인데 말이다.

"미다스의 정보력은 중국에도 미치지요."

"으음⋯⋯."

"더 말씀드릴까요? 내연녀에 관한 정보라든가."

"그만! 도대체 어떻게 안 겁니까?"

"방금 말씀드렸다시피, 미다스의 정보력은 중국에도 미칩니다."

그 말인즉슨, 그 정보가 중국에서 나왔다는 소리다.

그리고 누군가가 그 정보를 중국에 넘겼다는 소리고.

그걸 아는 사람은 자신과 리키 오쇼 단 두 명뿐이다.

그렇기에 뎀프시의 얼굴에는 그늘이 그리워졌다.

"그게 무슨 의미인지 그레고리 씨에게 들었습니다."

"후우⋯⋯ 미치겠군."

"의원님만 미칠 것 같은 게 아니죠. 제가 얻은 명단에 의원님 이름만 있는 게 아니니까요."

"뭐요?"

"설마 그가 뇌물을 준 사람이 의원님뿐이겠습니까?"

뎀프시는 눈을 찌푸렸다.

맞는 말이다. 단 한 명에게 뇌물을 주고 법을 고쳐 달라고 하거나 이권을 달라고 할 수는 없다.

그보다 더 많은 사람들에게 줘야 한다.

"그리고 그게 중국으로 넘어갔다?"

"네, 중국에서 그걸 무기 삼아서 휘두를 수도 있지요."

"끄응……."

중국 입장에서는 부패를 이용해서 적당히 몰아붙이면 된다.

"미국은 이러한 범죄에 대한 처벌이 강한 것으로 알고 있습니다."

만일 외부에 드러나면 심각한 몰락이 닥쳐온다.

그냥 흐지부지 끝날 일이 아니다.

"만일 제가 아까 그 말을 먼저 했다면 어떻게 하셨을까요? 아마 화를 먼저 내고 저를 쫓아내셨을 겁니다."

하지만 노형진이 먼저 핵심을 찔러서 그럴 기회를 놓쳤다.

'사실은 내가 흔든 거지만 말이지.'

그리고 그 틈에 그의 기억을 읽어 낸 것이다.

"정보에 따르면 몇몇 의원들이 이미 중국에 포섭되었다고 합니다."

"설마요."

"나사에도 중국의 정보원이 있는 상황입니다."

그레고리의 말에 뎀프시는 반박하지 못했다.

정치를 하는 자신이야말로 중국이 얼마나 공격적으로 스파이를 보내는지 잘 알고 있기 때문이다.

"누가 배신했는지는 아십니까?"

"그건 사실 모르겠습니다. 하지만 리키 오쇼가 뇌물을 준 기록은 확인했습니다."

노형진은 그렇게 말하면서 매파 거두들의 이름을 이야기했다. 물론 확실한 것은 아니다.

'하지만 그 정도 되는 사람들이 안 받았을 리 없지.'

받았을 수밖에 없다. 노형진은 그 점을 정확하게 알고 있었기에 거두들의 이름을 늘어놓았고, 그걸 들으면서 뎀프시는 얼굴이 굳었다.

"이건······."

뎀프시의 소속은 공화당이다.

그런데 지금 노형진이 말한 사람들은 죄다 공화당원이다.

만일 이게 새어 나가면 공화당의 거두란 거두는 모조리 날아간다.

아니, 정권도 날아갈 판국이다.

"그게 확실한 겁니까?"

"확실한 겁니다."

"아니, 왜 죄다 공화당만 받은 겁니까?"

"민주당은 저희가 얻지 못했습니다."

"큭."

그러면 불리한 건 공화당이 된다.

공화당은 전통적으로 안보와 보수로 승부를 본다. 그런데 그런 공화당의 당원들이 중국의 압력에 굴복하게 된다면 근본 가치가 사라지는 셈이다.

"이건 심각한 문제인데……."

그 일이 불러올 파장을 생각한 뎀프시는 끔찍하다는 얼굴이 되었다. 그러자 그레고리는 신이 났다.

"그는 이기주의자입니다. 베트남전 당시에도 동료를 팔아서 자기 목숨을 부지했습니다. 말로는 고문당했다지만, 그놈은 고문당한 적이 없어요. 상처도 없었고, 심지어 정신과 치료도 받지 않았습니다. 고문당한 사람 중에 정신과 치료도 받지 않고 멀쩡히 살아갈 수 있는 사람이 있겠습니까?"

전쟁을 하다 보면 PTSD, 그러니까 외상 후 스트레스가 발생한다.

하물며 고문을 당한 사람이 그런 치료를 받은 기록이 없다는 건, 그가 고문을 당하지 않았다는 가장 큰 증거였다.

"으음……."

"그 기록은 딱히 기밀도 아니니까 한번 찾아보세요. 1개 중대의 80%가 그놈 때문에 죽었습니다."

뎀프시는 아무런 말도 못 했다.

아니, 말할 여력이 안 되었다. 이후에 벌어질 사태를 어떻게 수습해야 하나 고민하고 있었기 때문이다.

"하지만 그가 어떤 식으로 접촉했는지 알 수가 없는데."

그리고 그가 접촉하고 있는 중국의 스파이 조직이 어디인지도 모른다.

설마 그 정도 되는 사람이 중국 대사관을 다닐 리는 없고 말이다.

"적룡이라고 아십니까?"

"적룡?"

"레드드래곤이라는 식당입니다."

"아, 알지요. 아주 유명한 중국 식당 아닙니까? 우리 의원들도 리키의 소개로 몇 번 거기서 식사를……."

말을 하던 존 뎀프시의 목소리가 작아졌다. 이 순간 뜬금 없이 식당 이름이 나온다는 건 오직 한 가지 의미니까.

"적룡은 오쇼가 가장 좋아하는 레스토랑입니다."

노형진은 그 말을 하면서 속으로 뒷말을 삼켰다.

'그리고 진짜 중국의 스파이 조직이지.'

사실 리키 오쇼는 그걸 모른다.

애초에 그곳이 스파이 조직이라는 사실이 드러난 것도 아주 먼 훗날이다.

'하지만 뭐, 지금쯤 잘라 내도 상관은 없지.'

중요한 건 둘 사이에 접점이 있다는 것이다.

"미안합니다, 미스터 노. 아까 저를 의심할 만했을 일이군요."

"아닙니다. 중요한 건 이 사태를 해결하는 거니까요."

사과의 의미로 뎀프시가 손을 내밀자 노형진은 다시 그 손을 꽉 잡았다.

　그리고 밀려오는 정보에 씨익 미소를 지었다.

함정은 깊게 파야지

"자기들이 무슨 일을 당할지 전혀 생각하지 못하겠지?"

손채림은 적룡에서 밥을 먹으면서 말했다.

"모르겠지."

"아깝다, 이렇게 맛있는데."

"말 그대로 중국 전통 요리점이야. 미국에서 흔한 곳은 아니지."

그 주방장이 중국에서 파견한 스파이라는 점이 문제였지만.

"그런데 우리 여기서 이렇게 먹어도 되는 거야?"

"지금 아니면 여기서 먹을 일 없어."

"아니, 그런 게 아니잖아."

이미 지금 이 건물에 대해 초정밀 감시가 들어간 상태다.

전화 내역이 모조리 녹음되고 있고, 손님 한 명 한 명을 주시하면서 사진을 찍고 있는 상황이다.

그런데 거기에 당당하게 와서 밥을 먹다니.

"상관없어."

지금쯤이면 정부에서 감시하고 있을 테지만, 처음 온 자신들을 의심하지는 않을 것이다. 일단 이 적룡이라는 레스토랑 자체가 제법 유명한 식당이다 보니 언제나 거의 만석이라 모든 사람을 의심하지는 않을 테니까.

"먹어 봐. 흔하지 않은 오리지널 중국 음식이야."

음식을 입으로 마구마구 밀어 넣는 노형진.

그러던 와중에 누군가 가게 안으로 들어오는 것이 보였다.

다름 아닌 리키 오쇼.

노형진은 그를 보고 미소를 지었다.

'빙고.'

물론 이 집이 맛집이어서 망하기 전에 먹어 보는 것도 계획이기는 했다. 그러나 진짜 목적은 리키 오쇼를 만나는 것.

'그는 나를 모르지만…….'

자신은 그를 안다.

하지만 자신이 만나 달라고 하면 만나 줄까?

그럴 리 없다. 지금 그는 다른 기업을 위해 로비하는 중이고, 노형진은 라이벌사의 투자자다.

그러니 그가 자신을 만나면 적대적으로 대할 수밖에 없다.

이것이 법이다

'하지만 나는 다 방법이 있단 말이지.'

노형진은 씩 웃으면서 자리에서 일어났다.

"어? 어디 가?"

"리키 오쇼한테 알은척 좀 하려고."

"뭐?"

깜짝 놀라는 손채림.

지금까지 자신들을 드러내지 않기 위해 그렇게 노력했는데 이제 와서 알은척하겠다니?

"아니, 걱정하지 마. 우리가 드러나지는 않아."

노형진은 손채림에게 눈을 찡긋하고는 방금 리키 오쇼가 들어간 곳으로 향했다.

입구를 지키고 있던 경호원이 막았지만 노형진은 손을 흔들었다.

"리키! 오랜만입니다."

"응?"

손을 들며 이름을 부르자 돌아보는 리키 오쇼.

그러나 일단 경호원은 노형진을 막았다.

'원래 이런 곳은 공간이 바로 연결되지.'

그래서 바깥에서 부르면 안에서 볼 수밖에 없는 구조다.

"누구?"

"이런, 리키. 아무리 3년간 못 봤다고 하지만 너무한 거 아닙니까? 이러면 섭섭해지는데요?"

리키 오쇼가 약간 곤란한 빛을 띠었다.

'그래, 그럴 거야.'

그가 만나고 다니는 사람 중에 무시할 만한 사람은 없다.

더군다나 3년 전에 만났다고 하면 자신이 로비하던 대상일 수도 있고, 또는 자신에게 일을 맡겼던 사람일 수도 있다.

'그런데 기억 못 한다는 것은 곤란한 일이지.'

사실 다른 사람이라면 기억이 쉬울 것이다.

하지만 한국 사람들이 흑인들을 잘 구분하지 못하듯이, 리키 오쇼는 동양인을 잘 구분하지 못한다.

'아무래도 미국 상류층에서 동양인을 자주 보기는 힘드니까.'

그래서 그는 동양인을 잘 구분하지 못한다.

특출 난 한두 명만 있는 것도 아니니.

"3년이라고요?"

"네. 모너스 사건 때 만나지 않았습니까, 리키?"

"아아아…… 미안합니다. 제가 큰 실수를 할 뻔했네요."

모너스사는 미국의 무기 제작 회사다.

'그리고 3년 전에 한국에 크게 팔아 잡수셨지.'

물론 혹독하게 바가지를 씌워서 말이다.

"비켜 드려."

"반갑습니다, 리키."

노형진이 안으로 들어가 반가운 척 그를 안았다.

순간 당황한 그가 움찔했지만, 그래도 프로답게 익숙하게 노형진의 등을 두들겼다.

"오랜만입니다, 리키. 그때 이후에 뵐 일이 없어서 참 아쉬웠습니다."

"미안합니다, 저도 바쁘다 보니."

"그래도 강남에서 즐겁게 놀지 않았습니까?"

"아…… 그게……."

"아직도 가끔 거기서 리키 씨 안 오냐고 묻습니다."

"아하하."

그곳에서 있었던 접대의 예민한 이야기까지 하자 그는 확실하게 노형진을 믿는 눈치였다.

"그런데 미국에는 어쩐 일로?"

"저도 다른 일로 왔습니다. 한국에서 개인 장비를 구입하려고요."

"개인 장비라고요?"

"아, 정식 업무는 아닙니다. 그냥 여행 삼아 와서 소일거리 하는 겁니다. 한국에서 민간 군사 기업을 발족했거든요."

"아아…… 무슨 뜻인지 알겠습니다."

한국에서 만드는 군사 장비가 많지만, 한국은 아예 민간 판매 자체가 불가능하다.

물론 허가를 받으면 일부는 구입할 수 있겠지만 성능이 떨어져서, 민간 군사 기업에서 선호하지는 않는다.

당장 총만 해도 전쟁터에 가스 마개를 챙겨 들고 다닐 수는 없지 않은가?

거기에다 적은 병력으로 효율을 높여야 하는데 그러기 위해서는 레일 시스템, 즉 장비의 성능을 올려 주는 연결 시스템이 있어야 한다.

한데 한국의 소총은 그런 게 없다.

당연히 전문적인 방탄복도 없고.

"뭐, 큰 건수는 아닙니다만, 그래도 여행비 정도는 뽑을 수 있겠지 싶어서요."

"무슨 뜻인지 알겠습니다."

미국에 여행할 겸 그걸 해결하러 온 것으로 알아듣는 리키오쇼.

"그런데 리키가 미국에 오면 여기에 꼭 가 보라고 했던 기억이 있었습니다."

"여기가 진짜 맛집이지요. 동석하시겠어요?"

"아닙니다, 리키. 약혼자가 바깥에 있어서요."

노형진이 눈을 찡긋하자 무슨 뜻인지 알겠다는 듯 고개를 끄덕거리는 리키 오쇼.

노형진은 그런 그를 다시 한 번 안았다.

"다시 만나서 반갑습니다, 리키. 한국에 꼭 다시 오세요. 그때는 확실하게 대접해 드리지요."

"아, 그러지요."

흔한 말을 하면서 노형진은 리키의 귀에 작게 속삭였다.

"리키, 꼬리가 붙었습니다."

작은 목소리였지만 그는 움찔했다.

하지만 그가 반응하기도 전에 노형진은 바로 떨어졌다.

"오래 기다리게 하면 또 바가지 긁힐 테니 가 보겠습니다, 하하하."

노형진은 웃으면서 바깥으로 나갔다.

그리고 자기 자리로 돌아가서 신나게 밥을 먹었다.

"아니, 도대체 왜 간 거야?"

"그냥 경고해 주려고."

"경고? 너 미쳤어?"

물론 진짜 경고하려는 게 아니었다.

그의 기억을 읽는 것이 목적이었다.

'그리고 땡잡았지.'

그가 한국에서 작업한 건 노형진이 이미 회귀 전에 들어서 알고 있었다. 그래서 그걸 미끼 삼아서 적당한 정보를 캐낼 수 있을까 하고 고민하고 있었는데, 의외로 좋은 걸 건졌다.

"아니, 왜 경고를 해 준 거야?"

"수상해 보이라고."

"응?"

"너, 아는 사람이 누군가가 너를 감시한다고 하면 어떻게 할래?"

"당연히 조심하면서 주의하고 모든 걸 의심하겠지."

"그래, 그럴 거야. 그런데 그걸 보면 또 감시하는 사람들은 뭐라고 생각할까?"

"응?"

생각해 보니 그렇다.

감시하는 사람들은 대상이 이상한 행동을 하면 더더욱 신경을 쓸 것이다.

"리키는 이곳에서 나가면 그런 모습을 보일 거야. 그리고 이곳은 그가 접촉하고 있는 스파이 조직이라는 의심을 받고 있지."

"아아아."

노형진은 마지막 완자를 입에 넣고 우물거리며 말했다.

"아마 서로가 서로를 더 크게 의심할걸, 후후후."

⚖

CIA의 팀장은 서류를 보면서 눈을 찌푸렸다.

"추적은 끝났나?"

"네, 끝났습니다. 그곳에서 일하는 사람들은 문제가 없습니다. 그런데 너무 문제가 없습니다."

"너무 문제가 없다?"

"네. 아무리 고급 음식점이라고 해도, 직원들이 딱지 하나 정도는 뗄 수 있지 않습니까?"

그런데 딱지 하나 뗀 기록이 없다.

극도로 바른 생활만 하는 타입들만 모아 둔 것 같다.

"그들의 중국에서의 기록도 깨끗합니다."

"과도할 정도로 말이지?"

"네. 그리고 그곳이 생길 때쯤, 비슷한 시기에 입국한 것으로 되어 있습니다."

"우연치고는 공교롭군."

아무리 중국 음식점을 중국인이 운영한다고 해도, 꼭 중국에서 사람을 데려와서 쓸 필요는 없다.

미국에 들어와 있는 중국인들도 분명 존재하니까.

요리사야 전문가이니 필요해서 초빙한 거라 쳐도, 서빙 하는 사람들까지 동일한 시점에 입국했다?

그건 확실히 이상하다.

"그런데 굳이 비슷한 시기에 같이 입국해서 음식점을 운영한다라……."

"네."

"확실히 그런 곳이 스파이 노릇 하기는 좋지."

개별실로 되어 있는 공간이 많아서 그곳에서 밥을 먹다 보면 이런저런 이야기를 하기 마련인데, 그러한 이야기들이 때로는 치명적인 정보가 된다.

국가 기밀을 떠들지는 않겠지만 어떤 자리에 어떤 성향의 사람을 앉힐지를 미리 아는 것만으로도 국가의 정책 방향을 예측할 수 있으니까.

"그리고 애초에 그런 목적으로 만들어진 가게라면, 아마 그 내장재 안에 감청 장비가 있을 겁니다."

"음⋯⋯."

"그리고 이상한 게 있습니다."

"이상한 것?"

"네, 리키 오쇼가 그곳에서 식사한 후에 주변에 대한 감시가 심해졌습니다."

"감시가 심해졌다?"

"네. 경호원도 늘었고, 집과 사무실에 갑자기 감청을 확인했습니다."

"그곳에 갔다 온 후에?"

"네."

"그곳에서 무슨 일이 있었나?"

"모르겠습니다, 안쪽을 감시할 수가 없어서."

안쪽에 사람을 투입하기에는 시간이 촉박했다.

이미 자리가 다 예약되어 있었기 때문이다.

감청을 하자니, 그가 들어간 방은 안쪽이라 불가능했다.

"다만 중국 쪽에서 경고를 해 준 게 아닐까 합니다."

"중국 쪽에서?"

"그곳이 스파이 조직의 거점이 맞는다면, 우리의 감시를 알아냈을 수도 있습니다."

"확실히 그렇군."

서로 물고 물리는 조직이다.

저들은 모른 척하고 있을지 모르지만, 일단 자기편인 오쇼에게 경고를 해 줬을 수도 있다.

"확실히 리키 오쇼가 같은 편일 가능성이 높아지는군."

"네."

미국 내에서도 그가 감시받는 것은 톱 기밀이다. 제보에 따르면 일부 정치인들이 중국에 넘어갔을 가능성이 존재하기 때문에 절대 그들의 귀에 들어가지 않게 해 놨으니까.

하지만 현장에서 감시하는 요원들이 걸렸을 가능성도 있다.

"현장 팀 철수시킬까요?"

"변동 사항은 그것뿐인가?"

"네, 가게 자체는 변동이 없습니다."

"없는 척할 수도 있지."

팀장은 턱을 문지르다가 고개를 끄덕거렸다.

"일단은 놔둬. 이제 와서 철수한다고 해도 저쪽에서 의심받고 있는 건 알 테니까."

그러면 도리어 저들의 행동을 풀어 주는 셈이다.

그럴 때는 차라리 인원을 상주시키면서 그들의 움직임을 제한하는 것이 나은 선택이다. 자칫 잘못하면 튈 수도 있으니까.

"네, 알겠습니다. 그러면 리키 오쇼는 어떻게 할까요?"

"글쎄…… 나온 정보가 그것뿐이라…….."

고작 그걸 가지고 혐의를 확정할 수는 없다.

"일단은 놔둬. 하지만 그가 무슨 짓을 하든 절대로 시야에서 놓치지 마."

"알겠습니다."

"뭔가 드러날 거야."

CIA가 그들에게 집중하는 사이에 노형진은 마지막 작전을 준비하고 있었다.

사실 원래는 중국 스파이 조직과 리키 오쇼를 같은 공간으로 불러내는 수준이었지만, 생각지도 못한 이득이 있어서 약간 변경해야 했다.

'리키 오쇼 이 깜찍한 것.'

리키 오쇼에게 인사를 할 때 그의 기억을 읽어 냈다.

그런데 생각지도 못하게, 그가 한국에서 했던 로비의 자료가 감춰진 공간을 알아낸 것이다.

다름 아닌 동생인 빌리 오쇼의 집.

'그리고 그곳에 다른 것도 있겠지.'

노형진은 히죽거리면서 웃었다.

사실 그런 게 있을 거라고 예상은 했다.

하지만 어디까지나 본사에 있을 거라 생각했다.

그런데 본사가 아니라 전혀 예상하지 못한 곳에 있었다.

'하긴, 당연한 건가?'

본사는 언제든 압수 수색의 대상이 될 수 있는 공간이다.

물론 지금 하는 일에 대한 정보는 가지고 있어야 하지만, 과거에 했던 일에 대한 정보까지 가지고 있다가 문제가 생긴다면 피해가 너무 커진다.

'그래서 이곳이다 이거지?'

노형진은 제법 비싸 보이는 집을 바라보았다.

"자기 동생 집이라……. 기가 막히군. 하긴, 법의 함정이기는 하지."

특별한 혐의가 없는 이상 리키 오쇼의 문제로 동생의 집에 대한 영장이 나오지는 않을 것이다.

나온다고 하면 당연히 본사에 먼저 영장이 나올 테고.

"그때 먼저 여기서 소각 처리한다라……."

생각도 못 한 일이었다.

물론 혐의가 있다면 영장이 나오겠지만.

"3년간 만난 적도 없다라……."

3년간 형제가 만난 적은 없다.

사실 노형진이 기억하기에도 빌리 오쇼와 리키 오쇼는 사이가 좋지 않았다. 성공한 리키 오쇼와 달리 동생은 형이 주는 돈으로 빈둥거리면서 살았으니까.

형제라서 먹여 살려 주는 것일 뿐, 그는 동생을 혐오했다.

"나도 깜빡 속았네."

아마 동생이 한량 기질이 있는 것은 사실일 것이다.

그리고 두 사람의 이해득실이 맞아떨어졌을 것이다.

동생은 놀고 싶었을 테고, 리키 오쇼는 믿을 만한 사람이 필요했을 테고.

"동생이 돈을 포기하고 신고할 일은 없지."

그리고 동생이 돈을 주는 형제를 협박할 일도 없다.

서로 사이가 안 좋은 것도 사실이니, 외부적으로도 감시 대상에서 벗어날 테고.

"우애보다는 이해득실이 맞아떨어진 거군."

리키 오쇼가 빌리 오쇼에게 사 준 집은 절대 나쁜 게 아니다.

방이 여섯 개에, 개인 수영장까지 딸려 있는 저택이다.

리키 오쇼 입장에서는 하등 부담이 안 되는 곳이지만, 다른 사람이라면 꿈에서나 볼 만한 그런 집.

공식적으로 부모님의 유언 때문에 어쩔 수 없이 동생을 챙기는 것이 리키 오쇼였다.

"뭐, 그런 거라면."

노형진은 씩 웃고 집의 초인종을 눌렀다.

잠깐의 침묵이 지나고, 안쪽에서 졸린 듯한 남자의 목소리가 들려왔다.

―누구야?

'지금 낮 1시인데?'

그런데 목소리는 자다 일어난 듯, 잔뜩 잠에 취해 있었다.

아마도 밤새도록 게임이라도 한 모양이다.

"안녕하십니까? 저는 GI컨설팅에서 나왔습니다."

—지 뭐? 그런 거 나 몰라.

"행사 전문 업체입니다. 다름이 아니라 이 집을 행사용으로 잠깐 빌리고 싶은데요."

—뭐라고? 뭔 개소리야?

"말 그대로입니다. 이 집을 파티용으로 이틀만 빌리고 싶습니다."

—헛소리하지 말고 꺼져.

다짜고짜 끊어 버리는 빌리 오쇼.

노형진은 다시 벨을 눌렀다.

—안 빌려준다고!

"하루에 1만 달러 드리겠습니다."

그러자 그다음 순간, 인터폰이 끊어지는 대신에 잠깐의 침묵이 흘렀다.

'그렇지.'

빌리 오쇼는 돈을 쓰기만 하는 한량이다.

물론 리키 오쇼가 돈을 주기는 하지만, 그가 원하는 만큼 충분히 주지는 않는다. 돈이라는 것은 쓰면 쓸수록 더 쓰고 싶을 뿐, 끝이라는 게 없으니까.

그런데 1만 달러. 한국 돈으로 약 1,100만 원.

―이틀이라고?

"네. 파티 이후에 청소까지 깔끔하게 해 드리겠습니다."

―흠······.

이틀이면 약 2,200만 원. 절대로 작은 돈이 아니다.

그러니 그의 입장에서는 아주 혹할 수밖에 없다.

"남는 물품이 있으면 그것도 드리겠습니다. 원하시면요."

―남는 물품? 무슨 파티인데?

"셀럽들의 파티입니다."

―셀럽이라······.

좋게 표현해서 셀럽이지, 사실 이런 파티는 보통 파티광들
의 행사다.

수영장이 딸린 집에서 열리는 그런 행사.

그리고 그런 행사들에는 몇 가지 조건이 있다.

'그걸 잘 알고 있겠지.'

첫 번째가 수영장이 있어야 할 것.

두 번째가 방이 많아야 할 것.

파티 도중 눈 맞아서 올라가는 사람이 한두 명이 아니니까.

'그리고 세 번째가 마약이지.'

이런 파티에서는 거의 100% 마약을 쓴다고 보면 된다.

소위 파티용 마약이라고 불리는 엑스터시.

―들어와 봐.

결국 혹한 마음에 빌리 오쇼는 문을 열어 줬다.

그리고 노형진은 씩 웃었다.

'빙고.'

빌리 오쇼와의 협상은 어렵지 않았다.

애초에 한량으로 살아서 법적인 지식이 없었던 데다가, 노형진이 그가 혹할 만한 조건을 내걸었기 때문이다.

돈과 청소는 기본이었고 말이다.

"참가를 허락한다고?"

"그래, 허락했어."

"야, 그랬다가 이상하게 생각하면?"

"그런 생각을 할 틈이나 있을까?"

노형진은 히죽 웃으면서 주변을 바라보았다.

파티를 준비하기 위해 파티 전문가가 사방을 다니면서 동선을 체크하고 물건을 비치하고 있었다.

"그런가? 하긴, 파티를 좋아하는 놈이면 허락할 수도 있기는 한데, 그래도 생각보다 더 쉽게 허락했네."

"거기에다 남은 걸 모두 주기로 했거든."

"그게 양이 많아?"

"생각보다 많지. 아마 이번에 한국 돈으로 2억 정도 쓸걸."

"너무 많이 쓰는 거 아냐?"

"그것보다 더 벌 테니까 걱정하지 마. 나도 공짜로 일해주는 거 아니야."

노형진은 히죽 웃었다.

그 멍청한 빌리 오쇼는 노형진의 신분도 알아보지 않고 무조건 도장을 찍었다.

"이런 파티에는 보통 술이 따라 들어가. 당연한 거지. 남는 걸 준다고 하면, 못해도 그것도 돈 천만 원어치는 될걸."

"어째서?"

"이런 데서 생맥주 먹는 거 아니잖아?"

이런 곳에서 쓰는 건 보통 어느 정도 수준이 되는 샴페인 등이다.

파티를 하고 남은 걸 다 준다고 하면 그 돈도 적지 않다.

"차라리 그 인간을 빼 두는 건 어때?"

"나도 처음 목적은 그랬어. 하지만 실패했어."

파티라는 말에 눈이 벌게져서 자신도 참석하겠다고 주장했으니까.

"그리고 집주인이 파티에 참석하는 게 어색한 것도 아니고."

일반적으로 이 정도 규모의 집을 가지고 있는 사람이라면 다분히 재력이 뒷받침해 준다는 의미다.

물론 빌리 오쇼는 소위 말하는 쭉정이 같은 인간이지만.

"어차피 그가 뭘 하든 내가 충분히 막을 수 있으니까 걱정하지 마."

"무슨 방법이라도 있는 거야?"

"있지."

노형진은 씩 웃었다.

"남은 건 여기를 어떻게 잘 터느냐 하는 것뿐이야, 후후후."

⚖️

파티 당일이 되자 그 집에는 사람들이 들끓었다.

"오, 예!"

"끝내주네."

신나는 파티의 현장.

수많은 선남선녀들이 그곳에서 수영을 하고 술을 마시며 파티를 즐겼다. 사방에서 사이키 조명이 돌아가고 여기저기 서 끈적한 키스 신이 벌어졌다.

"용케도 사람을 많이 구했네."

"미국에서 돈이 있는 사람들 중 일부는 파티만 찾아다니기 도 하거든."

"그건 알고 있지. 그걸 파티광이라고 표현한다던가?"

"그래, 거기에다 이번 파티는 공짜야."

물론 완전 공짜는 아니다.

초대장이 발송된 대상이거나 입장권을 예약할 수 있는 사람에 한해서 실행된 행사였다.

"개나 소나 다 들어오면 분위기 상하니까."

입장권은 천 달러다.

그러나 끝난 후에 돌려주는 시스템이니까, 아무나 들어오지는 못하지만 사실상 파티 자체는 공짜다.

"그러니 다들 이렇게 신나게 와서 놀지."

"그런 것 같네."

제법 유명한 셀럽들도 와서 놀고 있었고, 빌리 오쇼도 그 사이에 끼어서 신나게 놀고 있었다.

그리고 그 주변에는 제법 많은 사람들이 모여 있었다.

"사람들한테 인기가 많네."

"빌리 오쇼의 집인 걸 알거든. 사실 이 집이 파티 하기에는 끝내주는 위치야."

"그래서?"

"나중에 이곳을 빌리기 위해서라도 친해지려고 하는 사람이 많겠지, 후후후."

노형진은 씩 웃었다.

"사람이 많기는 한데, 그렇다고 계획대로 될까?"

"될 거야. 그러니까 너무 걱정하지 말고 넌 빌리 오쇼나 잘 감시해. 리키 오쇼 쪽은 어때?"

"이미 사람을 붙여 놨어. 특별한 일이 있으면 연락이 올 거야. 애초에 애틀랜타에 가 있는데 오늘 중에 올 수 있기는 할까?"

"무리일걸, 후후후."

노형진은 씩 웃었다.

"빌리를 좀 부탁해."

"오케이."

빌리 오쇼의 감시를 손채림에게 맡긴 노형진은 슬쩍 수영장 쪽으로 다가갔다. 그리고 뭉쳐 있는 금발의 세 여자에게 다가가서 술을 한 잔 권했다.

"95년산 돔페리뇽입니다. 한잔하시겠어요?"

"오, 좋지요."

세 여자는 늘씬한 몸매를 뽐내면서 수영장에서 나왔다.

가끔 이런 행사의 분위기를 띄우기 위해 모델을 초청하기도 하기 때문에 다들 부러운 눈빛으로 바라보았다.

하지만 이들은 모델이 아니었다. 노형진은 그들을 조용한 곳으로 데리고 가서 조용히 말했다.

"저기, 집주인이 누군지 확인하셨습니까?"

"네, 아주 대놓고 자기가 집주인이라고 자랑하고 있으니 확인하는 건 어렵지 않았어요."

"좋습니다. 제 요구 조건은 간단합니다. 세 사람이 가서 뽕 가게 해 주세요."

"그거야 전문이지요."

사실 이들은 모델이 아니라 소위 말하는 최고급 콜걸이었다. 노형진은 그들을 섭외하고 따로 불러들였다.

"이미 엑스에 취해서 해롱대는 것 같던데, 우리가 완전히 뿅 가게 해 줄 수 있지요."

빌리 오쇼의 취향에 대한 조사는 끝났다.

그런 타입의 여자 세 명이 그를 유혹하면 눈이 돌아서 달라붙을 것이다. 이미 그때를 대비해서 가장 큰 방은 사람이 막아 두고 있다.

'약 먹고 여자까지 붙여 주면 아마 엄청나게 행복해하겠지, 후후후.'

노형진은 그 여자들에게 잘 부탁한다는 말을 하고 스윽 뒤로 물러났다.

노형진의 예상대로 빌리 오쇼는 채 30분도 되기도 전에 금발의 세 여자에게 이끌려서 집 안으로 향했다.

들어가는 와중에 보니 여자 한 명은 그의 손에 비아그라까지 쥐여 주고 있었다.

"이쪽도 프로라는 건가?"

노형진은 피식 웃으면서 그들이 사라진 방향을 바라보았다. 그리고 시계를 보다가 대략 30분쯤 지났을 때 슬슬 움직이기 시작했다.

"일단 보안장치는 다 풀렸고."

술에 취한 놈들이 사방을 돌아다니니 뭘 건드릴지 몰라서 이미 보안 회사에 연락했다.

그러니 그쪽은 이 집에 신경 쓰지 않을 것이다.

설마 파티 중인 곳에 도둑이 들어오지는 않을 테니까.

"여기란 말이지."

노형진은 다른 사람들이 신경 쓰지 않는 뒤쪽의 마당으로 갔다. 그리고 구석에 있는 창고로 들어갔다.

'기억이 맞는다면……'

창고의 구석에 잘 감춰진, 오래되고 더러운 카펫을 들어내 자 제법 커다란 문이 나타났다.

노형진은 그 문을 열고 계단을 따라 아래로 내려갔다.

그러자 커다란 강철 문이 앞을 가로막았다.

"비번이라니. 이거야말로 식은 죽 먹기지."

열쇠가 아닌 비번으로 잠그는 방식의 잠금장치다.

그리고 그 잠금장치의 비번은 이미 알고 있다.

"좋았어."

노형진은 능숙하게 열고 안으로 들어갔다.

어느 틈엔가 그의 손에는 장갑이 끼워져 있고 머리에는 두 건이 뒤집어씌워져 있었다.

심지어 신발도 덧신을 신고 있었다.

안으로 들어가자 제법 커다란 금고가 있었다.

"하여간 리키 오쇼 이놈, 머리는 좋아."

사실 이 금고에는 적지 않은 돈이 들어 있다.

그런데 그게 함정이다.

'리키 오쇼가 이 안에 중요한 돈을 전부 숨겨 놨을 것'이라는 함정.

"진짜는 이게 아니지."

노형진은 그 금고를 지나쳐서 벽으로 다가갔다.

그리고 벽을 살짝 열었다.

슬쩍 봐서는 그냥 벽일 뿐이지만, 옆으로 밀자 제법 커다란 금고 문이 드러났다.

"보통 사람이라면 앞에 보이는 금고만 털겠지."

생각해 보면 당연하다.

회귀 전 기억에 의하면 리키 오쇼도 경찰에 수사받은 경험이 없는 건 아니었다. 그러나 단 한 번도 걸린 적은 없었다.

"이런 식이니 알 리가 있나."

죄다 입구에 있는 금고만 보고 갔을 테니까.

노형진은 입구를 열고 그 안의 서류를 살폈다.

"역시나."

그가 그동안 한 로비에 관한 모든 자료가 그곳에 다 있었다. 노형진은 그 자료들을 꺼내 작은 카메라로 찍어 대기 시작했다.

얼마나 찍었을까?

핸드폰이 '부우웅' 하고 울리면서 화면에 문자를 띄웠다.

–빌리 오쇼 이 인간, 여자들하고 방에 들어가더니 한 시간째 안

나와. 어떻게 하지? 그냥 둘까?

그걸 보고 노형진은 씩 웃었다.

예상대로다. 마약에 취한 그는 여자들과 한창 구르고 있을 것이다.

다만 노형진이 손채림에게 그걸 말하지 못했을 뿐.

-놔둬. 붙어서 방에 간 사람이 그들만은 아니잖아? 남은 방이 있기는 하냐?

-그렇기는 하네.

-파티나 즐기셔.

-즐기긴 개뿔. 죄다 치근덕거려서 죽겠다. 그럼 내가 그 인간을 감시할 필요 없지?

-그래, 없어.

-그러면 차로 피신해 있을게.

짧은 문자를 주고받은 후 손채림은 다시 잠잠해졌다.

노형진은 그제야 자신이 얼마나 많은 서류를 찍었는지 알 수 있었다.

"뭐, 대충 끝났네."

얼마 남지 않은 서류들을 마저 카메라로 찍은 노형진은 다시 서류를 금고 안으로 밀어 넣었다. 그리고 품에서 마약 봉

투를 꺼내서 떡하니 금고 안에 넣었다.

"역시 미국이야. 이 정도 되는 마약을 그렇게 쉽게 구하다니."

아무리 그레고리에게 부탁을 했다지만 상당한 양의 엑스터시를 구해다 줬다. 그중 일부는 지금 저들이 바깥에서 쓰고 있지만……

"남은 건 너 준다고 했으니, 옛다!"

노형진은 금고 안에 마약을 집어넣어 두고 마지막으로 사진을 찍었다. 그리고 품에서 새로운 종이를 꺼내서 금고 안에 넣었다.

"자, 이제 두고 보자고, 후후후."

그렇게 며칠이 지났다.

노형진은 서류를 찍은 사진 중 일부를 현상했다.

주로 한국에 반하거나 자신의 회사에 태클을 강하게 건 사람들 위주로.

"이 정도면 충분하겠네."

"도대체 어떻게 훔친 거야?"

"비밀이라니까."

차마 기억을 읽었다고 할 수는 없어서 노형진은 그저 비밀이라는 말로 대신했다.

그러자 손채림도 더 이상 묻지 않았다.

"그나저나 진짜 많이도 해 처먹었다."

"정치인들은 다 똑같아. 미국이든 중국이든 한국이든, 돈이 최고지. 독재자의 최종적인 꿈은 재벌이다, 몰라?"

"끄응."

보고 있던 손채림은 서류를 덮었다.

그리고 고개를 흔들었다.

"그나저나 이걸 중국 쪽에 어떻게 넘길 거야?"

"일부는 이미 넘겼어."

"뭐? 어떻게? 접촉한 거야?"

"퀵으로."

"뭐? 지금 감시 중인 거 알면서?"

"추적은 못 할걸."

퀵을 신청한 사람은 중국인 노인이다.

그 중국인을 고용한 사람은 노숙자고, 그 노숙자를 고용한 사람은 심부름센터 직원이며, 심부름센터 직원에게 그걸 넘겨준 사람은 개인 퀵 업자다.

그런 식으로 몇 번이나 넘어갔다.

"감시하고 있다고 하지만 추적은 불가능할 거야."

중요한 것은 이번에 찍은 서류 중 일부가 중국 쪽에 넘어갔다는 것.

"그런데 왜 다 안 주고 일부만 넘긴 거야?"

"일단 우리 주장은, 그 자료를 지금까지 지속적으로 준 것으로 되어 있잖아."

"아하!"

그런데 증거를 잡은 CIA가 들이닥쳤을 때 그 자료를 한꺼번에 넘겼다고 한다면 이상하게 생각할 것이다. 없는 자료는 이미 중국으로 넘어갔다고 생각하겠지만…….

"진짜 머리 좋다. 남은 건 그들이 덮칠 만한 핑계를 만드는 거네."

아무리 미국이 테러에 대한 의심을 하고 배신자에 대한 감시를 한다고 해도, 무작정 덮칠 수는 없다.

더군다나 이 경우 정치인에게 뇌물을 준 기록이 과연 국가 기밀인지 아닌지에 대한 문제가 생기는데, 일반적으로 그런 건 국가 기밀이라고 볼 수가 없다.

물론 정치인에게는 그 자료가 중국 같은, 사실상 적성국 취급하는 나라로 넘어가면 곤란하겠지만.

"아, 그거? 이미 넘어갔어."

"뭐?"

노형진은 키득거리면서 웃었다.

"이미 넘어갔다고. 기억나? 남는 걸 모두 그에게 주기로 했던 거."

"아, 그 계약 기억하지."

분명히 빌리 오쇼와 그런 계약을 했었다.

"생각보다 엑스터시가 많이 남았더라고, 후후후."

⚖

엑스터시를 판다는 소문과 함께 대량의 엑스터시가 찍혀 있는 사진이 신고된 것을 알아차린 미 정부는 말 그대로 폭풍같이 몰아쳤다.

당연히 CIA에도 그 정보가 들어갔고, 그들은 경찰과 함께 그곳으로 들이닥쳤다.

"그곳에서 중요한 기밀 자료가 나왔다고 하더군."

노형진은 그레고리의 말에 모른 척 물었다.

"중요한 자료요?"

"그래, 주요 기술 개발진의 주소와 이름, 가족들의 이름, 그리고 애들이 다니는 학교까지 말이야. 일부는 기밀로 취급되는 자료인데 어떻게 알아낸 건지."

'뭐, 지금이야 기밀이죠.'

하지만 나중에는 기밀이 아니게 된 자료들.

그걸 노형진은 대충 적어 냈던 것이다.

물론 좀 보충하기는 했지만 말이다.

하지만 노형진은 모른 척하고 되물었다.

"그래요? 그런 건 일개 브로커가 알 만한 정보는 아닌 것 같은데요."

"그렇지. 알 만한 게 아니지. 브로커가 알 이유도 없는 정보고. 브로커가 하는 일은 로비지, 정보를 빼돌리는 게 아니니까."

그러면서 노형진을 물끄러미 바라보는 그레고리.

"빌리 오쇼는 웬 동양인의 함정에 빠졌다고 주장하는 모양이지만……."

"그게 누군지 안대요?"

"모른다고 하더군."

"그걸 누가 믿어요?"

"그래, 누구도 안 믿겠지."

하지만 그는 노형진에게서 시선을 거두지 않았다.

"모를 수밖에 없겠지, 아마도."

불법적인 증거는 인정되지 않는다.

그리고 노형진이 그 증거를 심어 둔 거라면, 불법적인 증거가 되어 리키 오쇼에 대한 혐의는 풀린다.

하지만 그레고리는 그렇게 되도록 놔둘 수 없었다.

"뭐, 세상을 살다 보면 착각하는 일도 종종 있으니까요."

"내 말이 그 말일세. 누가 동생한테 증거를 심겠나, 멍청하게. 거기에다, 거기에 있는 서류들에서 리키 오쇼의 지문까지 나왔는데."

그는 노형진에게서 시선을 떼고는 느긋하게 자리에 앉았다.

"덕분에 리키 오쇼에게는 반역 혐의가 적용될 걸세."

"중국 쪽은 어찌 되었나요?"

"자료를 반출하려고 하던 자가 공항에서 잡혔네."

아나나 다를까, 그는 그 최근 정치인들의 비밀 내역을 중국으로 반출하려고 하던 자였다.

당연히 적룡은 스파이 혐의로 박살이 났고.

"뭐, 당분간은 시끄럽겠네요."

"진짜 그럴 거라 생각하나?"

"아니요."

이런 일은 비일비재하다. 그저 다들 쉬쉬할 뿐.

냉전이 끝났다고 하지만, 중국에서 목숨을 잃어버린 스파이가 수백을 넘어간다.

"덕분에 전우들이 저승에서 푹 쉬겠어."

"로비만 확실하게 해 주시면 됩니다."

"그건 내가 확실하게 하지. 아니, 리키 오쇼가 잡혀간 이상 확정적이라고 보면 되네."

그레고리는 씩 웃으며 말했다.

리키 오쇼도 사라진 이상, 승리는 따 놓은 당상이었다.

"이제 한국으로 돌아가나?"

"네."

"고맙네."

뜬금없는 말.

그레고리는 미소를 지으며 말했다.

"비공식적으로, 자네가 원하면 병력을 보내 주지."

"그런 일이 없었으면 좋겠네요."

"그런 세상이 아니지 않나."

비공식적으로라는 말.

그건 사실 부르면 보내 준다는 말이 아니다.

민간 군사 기업은 계약에 따라 일하는 사람들이니 정식으로 계약하면 사람을 쓸 수 있다.

비공식적이라는 말은, 누구든 죽여 달라 하면 죽여 주겠다는 소리다.

"그러면 전 이만 가 보겠습니다."

"축하해야 하나? 이번에 적잖이 벌겠어?"

"후후후."

노형진은 씩 웃었다.

리키 오쇼의 비밀에서 얻어 낼 수익도 적지 않지만, 그가 무너질 걸 예상하고 한 투자에서의 수익도 적지 않다. 결정적으로 그가 투자한 것으로 되어 있는 블랙스카이가 어마어마하게 성장할 것이다.

"라이벌은 되지 않기를 바라네."

"저도 마찬가지입니다."

노형진은 미소를 지으면서 그곳을 나왔다.

그러자 기다리고 있던 엠버가 노형진의 옆에 붙었다.

"일은 잘 끝났습니까, 미스터 노?"

"네, 일단은 잘 끝났네요. 피해자 가족들의 상황은 어떻게
되었나요?"

"일단 돈은 제법 받아 갔습니다."

피해 보상으로 무려 30억 원을 받아 갔다.

그러니 그들이 고생하는 일은 없으리라.

"그리고 리키 오쇼의 힘을 감안해서, 해당 사건을 재수사
한다고 하더군요."

"그럴 겁니다."

경찰이 착해서?

아니다.

이번 사건은 외부에 드러낼 수가 없는 사건이다.

스파이 사건은 외부에 드러내면 여러모로 곤란하다.

거기에다 자국 내 정치인들의 뇌물 수수 사건까지 관련되
어 있다.

그런 만큼 정부 입장에서는 리키 오쇼에게 강력한 처벌을
내리기 위해서 그 두 개의 사건이 아닌 다른 뭔가가 필요하다.

'그리고 이런 사건은 확실하게 보내 버릴 수 있는 거지.'

정부에서 손쓰면 20년 이상 때릴 수 있다.

그 정도면 리키 오쇼의 손발을 자르기에는 충분한 시간이다.

'물론 그가 나중에 조용히 관타나모로 끌려가지 않는다면
말이야.'

노형진은 더 이상 생각하지 않았다. 그저 서둘러서 발을

옮길 뿐이었다.

　"바로 한국으로 가야겠네요."

　"좀 더 쉬었다가 가시지요."

　"그랬으면 좋겠습니다만."

　눈앞에 다가오는 한 대의 차.

　그리고 그 안에서 내리는 손채림.

　차의 트렁크에는 짐이 한가득이었다.

　"저를 부려 먹으려고 하는 사람이 너무 많네요."

　절로 한숨이 쏟아져 나왔다.

그날은 참 열 받는 날이었어

어느 정도 규모의 기업들은 기부를 많이 한다.

하지만 그런 기업들은 일반적인 기부 말고도 자원봉사 같은 것도 많이 한다.

새론도 사회적인 이익을 추구하는 기업답게 그런 자원봉사를 자주 하는 편이다.

물론 강제성은 없었다.

"자, 그러면 이번에는 미래원으로 가는 겁니다."

이번에 봉사를 가기로 한 곳은 다름 아닌 미래원이라는 고아원, 아니 보육원이었다.

과거에 고아원이라고 불리던 곳은 현재는 보육원으로 이름을 바꾸었다.

고아라는 이미지가 안 좋은 데다가 지금은 버려지는 고아보다는 집안의 사정이 좋지 않아서 어쩔 수 없이 맡겨지는 아이들이 많기 때문이다.

"노 변호사님."

자원봉사를 갈 사람의 신청을 받고 할 일을 구분한 후 마지막으로 정리를 하려고 하는 찰나, 누군가 손을 번쩍 들었다.

"김 과장님, 뭐 궁금하신 게 있나요?"

"아이를 데리고 가면 안 됩니까?"

"네?"

"아이를 데리고 가는 건 어떨까 해서요. 아이들에게 자원봉사의 개념 같은 걸 가르칠 수도 있고 교육적으로도 좋을 것 같은데요."

"맞아요."

"안 그래도 저도 그러고 싶었는데 데리고 가죠."

직원들은 아이들을 데리고 보육원을 가겠다고 이야기하기 시작했다.

하긴, 기혼자들도 많고 아이를 가진 사람도 많으니까.

거기에다 자원봉사를 가기 위해서는 하루를 통째로 비워야 한다. 그러니 그날 아이들과 어울리는 것도 나쁘지 않을 것 같았다.

"하아."

하지만 노형진은 한숨만 쉬었다.

"안 됩니다."

"네? 어째서요?"

"어차피 주말에 가는 거 아닙니까?"

주말에 자원봉사를 하러 가기 위해서는 아이들을 어딘가에 맡겨야 한다. 그러니 부모들 입장에서는 아이들과 함께 가고 싶어 하는 것이 당연한 것이다.

"왜 안 된다는 건가? 나쁘지 않은 생각인 것 같은데."

송정한도 오랜만에 참가하는 회사 행사라서 그런지 좋은 생각이라고 고개를 끄덕거렸다.

하지만 노형진은 절대 반대였다.

"우리가 어디를 가는 건지 아십니까?"

"보육원 아닌가?"

"그런데 왜 아이들을 데리고 가느냔 말입니다."

"아니, 아이들한테 자원봉사의 개념도 심어 주고, 좋은 것 같은데?"

"일단 어린애들이 그런 걸 모를 거라는 건 둘째 치고……."

노형진은 입맛을 다시고는 주변을 바라보았다.

'그래, 아무래도 개개인이 그런 이해심을 가지는 것을 무리겠지.'

누구든 자신과 자신의 가족이 우선이다.

그러니 이건 뭐라고 하기가 좀 그런 문제다.

그들도 좋은 의미에서 꺼낸 말이니.

"안 되는 이유가 뭔데?"

손채림도 이해가 안 간다는 듯 물었다.

다들 부모라면 한 번은 생각해 볼 만한 일 아닌가?

"안 되는 가장 큰 이유는 바로 아이들 때문이야."

"애들이 사고 칠까 봐?"

"물론 그럴 가능성도 있지. 아이들을 완벽하게 통제한다는 건 불가능에 가까운 일이니까. 그 아이들을 통제할 사람이 따로 있어야 한다는 것도 문제고. 하지만 그건 사실 중요한 게 아니야."

보육원에는 아이들이 많다.

아이들끼리 놀라고 하면 놀기는 할 거다.

문제는 그 후다.

"보육원에서 해서는 안 되는 말이 뭐라고 했지요?"

"또 온다고……."

"그래, 거기 아이들은 외로워서, 자원봉사자들이 자주 오기를 바라. 그래서 혹시나 실망할까 봐 또 온다는 말도 섣불리 하면 안 되는 거야. 그런데 말이야."

노형진은 한숨을 푹 쉬면서 말했다.

"자기랑 놀던 애가 부모 손잡고 집에 가는 걸 보면 애들 기분이 어떻겠어?"

"아……."

"이런……."

다들 아차 싶었다. 자기 자식만 생각했지 정작 자원봉사를 가는 보육원 아이들 입장은 생각하지 못한 것이다.

"다들 부모가 보고 싶은 나이야. 그러면 그 괴리감과 외로움을 어떻게 하겠어?"

"……"

"자원봉사는 우리가 보살펴 준다고 생각하면 안 돼. 기본적으로 우리가 그들과 같다는 걸 알아야 해."

손채림에게 하는 말이지만, 다른 사람들에게도 하는 말이었다.

"우리는 서로 대등하다고. 그러니 우리도 상대방에게 조심을 해야지."

"우리가 큰 실수를 할 뻔했네요."

부모들은 아이를 데리고 거기에 갔다가 외식을 하러 갈 것이다. 그리고 남아 있는 아이들은 그 장면을 물끄러미 바라봐야 한다.

"자원봉사는 내가 좋은 일 했다고 생각하기 위해 가면 안됩니다. 상대방에게 도움이 되기 위해 가는 거예요. 그리고 거기 애들은 교보재가 아닙니다. 운이 안 좋아서 잘못된 부모를 만난, 여러분의 아이들과 같은 아이들입니다."

노형진의 말에 좌중에는 순간 침묵이 흘렀다.

자신들이 생각하지 못한 부분이었다.

"물론 아이들과 같이 갈 수 있는 곳도 있습니다. 양로원 같은 곳은 어르신들이 아이들을 좋아하니 같이 가도 상관없 겠지요. 다음번에는 그런 곳으로 준비하겠습니다."

"아, 그래 주시겠습니까?"

"그러지요."

노형진은 괜히 주변을 무겁게 한 것 같아서 머리를 긁적거 렸다.

"음…… 상대방에 대한 배려라……."

송정한도 왠지 뭔가를 깨달은 눈치였다. 하긴, 국회의원이 되면서 이런 일에 대해 많은 생각을 해야 할 터였다.

"괜히 분위기를 싸늘하게 만들었네요."

"아니야. 자네 생각이 맞아. 우리가 생각이 짧았네."

송정한은 순순히 인정했다.

자신들이 잘못한 것은 잘못한 거다.

"다음번에는 좀 더 주의해야겠군."

"그렇지요."

노형진은 미소를 지으며 대답했다.

"자, 빨리 준비하죠. 가지고 갈 게 많습니다."

노형진은 남은 짐을 번쩍 들며 말했다.

다음 날 보육원에 자원봉사를 간 새론의 직원들은 입구에 붙어 있는 종이를 보면서 눈을 찌푸렸다.

"이거 뭐야? 너무 거창한데?"

"그러게."

입구에 붙어 있는 '환영합니다'라는 플래카드.

그건 누가 봐도 새로 만든 것이었다.

그리고 그 뒤에서 번잡하게 움직이는 직원들.

"얼씨구?"

보육원의 뒤쪽에 있는 작은 공간에는 심지어 '재롱 잔치'라는 플래카드가 걸려 있고, 아이들은 힘없이 뭔가를 연습하고 있었다.

"저기, 원장님. 이거 뭡니까? 저희는 이런 건 원하지 않습니다만?"

노형진은 이건 아니다 싶어서 원장을 찾아가서 물었다.

자신들이 한두 번 온 것도 아닌데 이런 준비는 너무 과했다.

"아, 형진 씨 오셨어요?"

나이가 지긋한 여자 원장의 얼굴에는 미안한 표정이 가득했다.

"무슨 일이지요? 저희를 위해 이러시는 건 아니죠?"

"아, 그게……."

"그런 거면 저희 진짜 섭섭합니다."

"설마 새론 직원분들을 위해 그러겠어요? 새론 직원분들이 얼마나 좋은 분들인데."

"그런데요?"

"우리 시의 국회의원하고 시의원들이 방문한대요, 기증품을 가지고."

"네?"

노형진은 기가 막혔다.

"그러면 이게 그들을 위한 준비란 말입니까?"

"네. 그쪽에서 요구했어요."

"이것들이 미쳤나?"

노형진의 입에서 험악한 말이 나왔다.

그럴 수밖에 없다.

"입구의 플래카드는 그렇다 치고, 저 재롱 잔치는 뭡니까?"

"아이들과 함께 어울리는 모습을 찍고 싶다고……."

"이건 무슨 사단장이 이등병 옆에 끼고 짬밥 처먹는 소리랍니까?"

"네?"

"아, 군대 갔다 온 남자들이 하는 말입니다."

사단장은 응원 차원에서 병사들과 함께 밥 먹는다고 한다.

하지만 현실은 그렇지 못하다.

사단장이 온다고 하면 이 주일 전부터 주변 정리 작업하고, 일주일 전부터 대청소하고, 사흘 전부터 두발 정리에 옷을 다리는 등 개판이 된다.

한데 그걸 일과 시간에 할 수 없으니 결국 병사들의 휴식 시간을 빼야 한다.

사단장은 응원일지 모르지만, 받아들이는 병사들 입장에서는 고문일 뿐이다.

"어쩌겠어요, 그쪽에서 그렇게 요구하는데."

원장도 체념한 표정이었다.

"아이들이 싫어할 거라고는 생각하지 않는 겁니까?"

"다음 선거를 위해 사진 하나 박아 두는 게 더 급한 사람들이니까요."

씁쓸하게 웃는 원장.

노형진은 그걸 보고 속에서 열불이 났다.

'미친놈의 새끼들.'

보육원에 있다고 해서 애들이 감정이 없는 게 아니다.

안 그래도 보육원에 있다는 이유로 여러 생각이 많은 아이들이다.

그런데 그런 아이들을 데려다가 갑자기 재롱 잔치라니.

아마 아이들의 자존감은 바닥을 뚫고 지하로 내려갈 것이다.

"안 하면 어떻게 될지 아시잖아요."

"알죠."

이들이 이렇게 을의 입장이 되는 것은, 국회의원과 시의원이 국가 지원에 절대적 영향을 미치기 때문이다.

막말로 저들이 배알이 뒤틀려서 지원을 끊으라고 하면, 내년부터는 아이들에게 밥 한 끼 먹이기 힘든 상황이 될 수도 있다.

그걸 아니까 저들이 이런 식으로 행동하는 거고.

"그래도 이건 아닌 것 같은데요."

"어쩌겠어요. 저희도 방법이 없어요. 그들이 요구한 거니까."

"그런가요."

노형진은 턱을 스윽 문질렀다.

'의원들이 직접 요구했을까? 아니야. 그럴 가능성은 낮아.'

이런 행사를 짜는 것은 의원이 아니라 보좌관이다.

그러면 이야기는 뻔하다.

그들이 한꺼번에 간다고 하자, 보좌관이 촬영용 영상 같은 걸 뽑아 보겠다고 했을 것이다.

'의전에 익숙한 사람들은 그게 당연하다고 생각하지.'

하지만 그 뒤에서, 그 알아서 기는 의전을 준비하는 사람들은 따로 있기 마련이다.

"기껏해 봐야 아이들이 춤추는 거니까 뭐 어떻게든 되겠지요."

"어떻게든 안 될 겁니다."

"네?"

"지금은 21세기입니다. 저 사진을 찍어서 홍보용으로 쓸게 뻔한데, 그러면 아이들이 인터넷에 '나 보육원 출신'이라고 떡하니 박혀 버리는 겁니다."

물론 그걸 일일이 찾아다니는 사람은 없겠지만, 그래도 안좋은 것은 안 좋은 것이다.

"더군다나 그런 식으로 요구하면 다음에는 또 뭘 요구할지 모르지 않습니까?"

"그건……."

"작년 사건, 잊어버린 거 아니시죠? 그 사람, 올해도 올 텐데."

"……."

작년에 있었던 사건.

보육원에 마냥 어린애들만 있는 게 아니다.

어느 정도 성장한 청소년기의 아이들도 있다.

"어떻게 그 사건을 잊겠어요."

시의원 하나가 사진을 찍는다고 하면서 슬쩍, 열일곱 살 먹은 여자 보육원생에게 성추행을 시도했던 사건.

그 아이는 사흘을 울고불고할 정도로 충격을 받았다.

그때는 노형진이 없었기 때문에 막지도 못했고.

"이 새끼들은 자원봉사가 무슨 자기 치적 채우는 건 줄 아나?"

노형진은 머리를 절레절레 흔들었다.

"그래도 어쩌겠어요. 우리가 안 한다고 하면 내년에는 지원이 끊어질 텐데."

"우리가 터트리지 않으면 되죠."

"네?"

"우리가 터트리지만 않으면 됩니다. 정확하게는, 보육원 측에서 터트리지 않으면 됩니다."

"어떻게요? 당장 그 사람들이 올 때까지 두 시간도 안 남았는데요."

"두 시간요? 한 시간이면 됩니다."

"네?"

두시억 의원은 차창 밖으로 흐르는 풍경을 보면서 나지막하게 중얼거렸다.

"좋은 일을 하면 참 기분이 좋단 말이지."

"의원님께서 하시는 이런 일은 참으로 모두가 본받을 만합니다."

"본을 받다니 그 무슨 말인가? 허허."

"아닙니다. 이런 좋은 일을 이렇게 조용히 하시는 분은 의원님밖에 없을 겁니다."

"허허허."

말도 안 되는 칭찬을 들으면서 흐뭇하게 웃는 두시억 의원.

그의 차는 조용히 도로를 달려 어느새 보육원으로 진입하고 있었다.

두시억 의원이 기대한 것은 입구에 나와서 기다리는 아이들이었다.

물론 입구에 나와서 기다리는 사람들이 있기는 했다.

그런데 아이들이 아니라 성인들.

"응? 뭐지?"

"글쎄요."

보좌관이 문을 열어 주자 차에서 내리는 두시억 의원.

그와 함께 도착한 의원들은 자신들에게 몰려드는 사람들의 모습에 당황했다.

"누구……?"

"두시억 의원님, 여기에 왜 오신 겁니까?"

"그게 무슨 말인지……?"

물론 기자들은 대동하고 있다. 당연히 자신을 어필하기 위한 행사니까.

그런데 눈앞에 보이는 사람들은 자신들에게 호의적이지 않았다.

"두시억 의원님, 미래원에 재롱 잔치를 하지 않으면 예산을 끊겠다고 협박한 것이 사실입니까?"

"뭐라고요?"

"아이들에게 절대적인 갑인 점을 이용해서 미래원에 재롱 잔치를 강요한 것이 사실인가요?"

"작년에는 와서 성추행을 했다는 소문도 있던데."

"이거 명백하게 초상권 침해라는 이야기가 있던데, 어떻게 생각하시나요?"

"아니, 그건…….."

당황해서 어쩔 줄 모르던 두시억 의원의 시선은 자연스럽게 보좌관에게 향했다.

"저는 그런 거 모릅니다."

"하지만 정보에 따르면, 재롱 잔치를 하지 않을 경우 내년 예산을 전액 삭감하겠다고 했다는데요?"

"누가 그런 말도 안 되는 소리를 합니까!"

물론 오늘 재롱 잔치가 예정되어 있다는 소리는 들었다. 하지만 하지 않을 시 예산의 전액 삭감이라니?

"한마디만 해 주시죠."

"성추행을 하신 것이 사실인가요?"

몰려드는 기자들.

두시억 의원은 이 상황에서 자신이 할 수 있는 일은 아무것도 없다는 사실을 알았다.

도리어 지금 행사에 참가하면 진짜로 그들의 말이 확정되어 버린다.

"아닙니다. 아니에요. 나는 재롱 잔치를 요구한 적이 없습니다."

"그러면 전액 삭감 협박은 누가 한 겁니까?"

"그건 저도 모릅니다."

"전화하신 분이 보좌관이신데 모르신다는 게 말이나 됩니까?"

보좌관의 얼굴이 사색이 되었다.

그리고 두시억은 그를 향해 눈을 부라렸다.

"저는 모르겠습니다. 저는 조용히 기증품만 놓고 가려고 했습니다."

"진짜인가요?"

"그럼요."

"하지만 뒤에 재롱 잔치가 준비되어 있던데."

"아닙니다. 나는 모르는 사항입니다. 자, 자! 뭔가 오해가 있었던 모양인데, 우리는 기증품만 주고 갈 겁니다. 기자분들도 도와주시지요."

"으음, 이러면 기삿거리가 안 나오는데."

"좋은 일을 할 때는 오른손이 한 일을 왼손이 모르게 하라고 하지 않습니까?"

서둘러서 짐을 옮기는 두시억 의원.

그걸 본 기자들은 어쩔 수 없이 같이 짐을 옮겨 줬고, 두시억은 짐을 모두 내리자마자 다시 차에 올라탔다.

"저는 이만 가 보겠습니다."

"재롱 잔치는요?"

"아니, 그러니까 저는 그런 거 요구한 적 없다니까요. 한 번 물어보세요."

그렇게 말한 그는 운전기사를 재촉해 부리나케 멀어져 갔다. 그리고 미래원에서 어느 정도 멀어졌다 싶을 때, 분노가 치밀어 오른 목소리로 보좌관을 추궁하기 시작했다.

"너 이 새끼, 무슨 짓을 한 거야?"

"네? 아니, 저기, 그게……."

"재롱 잔치가 준비되어 있다며? 그거, 네가 강요한 거였어?"

"강요했다기보다는…… 그냥 협조 차원에서……."

"협조 차원? 협조 차원?"

뒤에 앉은 두시억 의원은 보좌관이 앉은 앞자리를 마구 발로 찼다.

"아예 내 낙선 운동을 하지 그러냐? 어? 미쳤어? 보육원을 대상으로 협박을 해?"

"아닙니다, 의원님! 억울합니다!"

"닥쳐, 이 새끼야! 너 가자마자 바로 짐 싸! 해고야!"

"의원님!"

"아니다. 너 여기서 내려! 짐은 택배로 보내 줄 테니까 꺼져!"

보좌관은 그렇게 길바닥에 버려진 채로 허망하게, 멀어지는 두시억 의원의 차를 바라볼 수밖에 없었다.

⚖️

"있지도 않은 기자로 참 뻥 잘 친다."

"우후훗."

사실 기자는 있지도 않았다. 근처 시장에서 기자 신분증처럼 생긴 걸 사다가 대충 꾸민 것뿐이다.

"저거 걸리면 어쩌려고?"

"누가 한 줄 알고? 이런 건 외부로 드러내면 자기가 더 불리하니까 조용히 덮을걸."

"그런가?"

"그래. 자기한테 불리한 건 절대 입 열지 않는 게 정치인 들이야."

"부끄럽지만 사실일세."

송정한도 맞다는 듯 고개를 끄덕거렸다.

"그런데 그가 연관되어 있지 않다는 건 어떻게 안 거야?"

"안다기보다는, 당연한 거지. 이런 예전이나 행사는 본인 들이 챙기는 게 아니거든."

아랫사람이 미리 준비하는 것이 보통이다.

문제는 그 과정에 과도한 충성이 개입되어 버리는 경우가 많다는 것.

"예를 들면 전철역 안으로 장관급 차가 들어간다든가, 장 관이 탄다고 열차 손님들을 쫓아낸다든가."

"미친. 그런 일이 있어? 아니, 그 전에, 전철역 안으로 차 가 들어갈 수 있어?"

"어, 가능해."

물론 그건 구급차 한정이다. 실내에 쓰러진 사람을 들고 움 직이기에는 시간이 부족하고, 움직이기 힘들 수도 있으니까.

"그리고 그런 일이 있을 수도 있지."

실제로 있었던 일이다. 물론 미래에 말이다.

"그런데 보통 그건 예전을 위해 하는 일이거든."

아랫사람의 과잉된 충성이 불러오는 문제가 대부분이다.

"그런데 그걸 당연하게 생각하다가도, 그게 자기한테 불리하다고 하면 책임을 떠넘기는 게 정치인이잖아."

그러면서 노형진은 송정한을 바라보았다.

그는 그런 사람이 되지 않기 바라는 마음에서였다.

그 시선을 느낀 건지, 송정한도 왠지 어색하게 웃었다.

"맞는 말일세. 그런 게 정치인이지."

"하여간 그런 경우 그들은 책임질 대상을 찾거든. 그게 누굴까?"

"그 보좌관이구나."

"그래."

과도한 충성심으로 협박하면서 무리한 요구를 했으니, 일이 커지기 전에 자르는 것이 최선이다.

"참, 더럽다, 더러워."

손채림은 고개를 절레절레 흔들었다.

"제발 정치인들 여기서 사진 좀 찍고 가지 않았으면 좋겠다."

손채림의 말에 노형진은 고개를 끄덕거렸다.

"그랬으면 좋겠네."

그러면서 시선을 돌리는 노형진.

산더미처럼 쌓여 있는 기증품.

부피만 크고 돈은 별로 안 드는, 폼만 나는 물건.

"망할 놈들. 화장지 없어서 똥 못 싸는 줄 아나."

"여기서는 비데 쓰잖아. 이걸 어떻게 하지?"

"그러게 말이다."

잔뜩 쌓여 있는 두루마리 휴지 박스를 보면서 노형진은 입맛을 다실 수밖에 없었다.

⚖

자원봉사가 끝난 후 미혼인 사람들 몇몇이 남아서 뒷정리를 하기로 했다.

가족이 있는 사람들은 먼저 출발하고, 남은 사람들은 뒷정리를 한 후에 뒤풀이 장소로 가기로 한 것.

"와, 이 휴지 진짜 자리만 차지하고, 죽겠네."

방 안 가득한 휴지를 보고 고개를 절레절레 흔드는 손채림.

"원래 정치인들이 하는 기증이 그래. 진짜 필요한 게 아니라 양 많아 보이는 거."

"그래도 이건 아니지. 박스에는 학용품이라고 써 뒀으면서 정작 안에 들어 있는 건 휴지랑 연필이 다라니. 요즘 누가 연필을 써? 다 샤프나 볼펜 쓰지."

"그러게나 말이다."

노형진은 입맛을 다시면서 창고의 문을 닫았다.

일단 들어온 휴지를 넣을 공간을 만드느라 예정보다 일이 많아졌다.

"뒤풀이 장소에 가려면 서둘러야겠는걸."

"고기가 남았으려나."

툴툴거리면서 마지막 정리를 하고 나가려는 두 사람.

다른 사람들도 바깥에서 선생님들과 마지막 인사를 하는 그때였다.

부우웅.

한 대의 차량이 보육원 안으로 들어왔다.

"이 시간에 누구지?"

원장은 갸웃하면서 그쪽 차량으로 다가갔다.

그리고 차에서 내리는 사람을 발견하고는 얼굴이 딱딱하게 굳었다.

"예인이 어머님!"

"원장 선생님, 오랜만이에요."

차에서 내린 여자는 옆으로 내려오는 머리카락을 쓸어 올렸다.

"아니, 이렇게 갑자기 찾아오면 어쩌자는 거예요?"

"제 말을 안 들어주시니까 그러죠."

"무슨 말씀이세요! 말이 안 되는 소리를 하시니까 그렇잖아요!"

"저는 이미 이야기가 끝난 것 같은데요?"

"말이 된다고 생각하세요?"

원장은 그녀답지 않게, 차에서 내린 여자에게 크게 화를 내고 있었다.

그러나 여자는 들은 척도 하지 않았다.

"이야기가 길어져 봐야 시끄럽기만 해."

운전석에서 내린 남자는 눈을 찡그리더니 뒷좌석 차 문을 열었다. 그리고 그 안에서 어린 여자아이 한 명을 끌어냈다.

"엄마, 엄마, 내가 잘못했어! 엄마, 내가 잘할게! 내가 잘할게! 아빠…… 한 번만……. 아빠, 한 번만 봐줘! 엄마! 아빠!"

아이는 눈물을 흘리면서 내리지 않으려고 했지만, 우악스러운 남자의 손을 피하지는 못했다.

"아니, 이게 뭔 난리야?"

주변에 있던 사람들은 상황이 이해가 가지 않아서 멍하니 그들을 바라보았다.

"저희는 할 이야기 끝났고요, 원장님이 잘 케어 해 주실 거라 믿어요."

"케어요? 지금 그걸 말이라고 하세요?"

"원래 이런 일은 있을 수 있는 일이잖아요?"

"있을 수 있는 일? 야! 그러고도 너희가 사람이야! 사람이냐고!"

급기야 삿대질을 하면서 화를 내는 원장.

그러자 여자가 눈을 찌푸리면서 원장을 위아래로 훑어보며 중얼거렸다.

"교양 없이."

"뭐? 교양? 교양? 너희는 교양이 있어서 이런 패악질을 해!"

"시끄럽고, 가자."

"아빠…… 아빠…… 내가 잘할게……. 내가 동생한테 잘할게……. 제발 버리지 마……. 아빠…… 아빠…….."

어린아이가 매달렸지만 남자는 가차 없이 차 문을 닫아 버렸다.

그리고 여자도 잽싸게 조수석으로 올라타 버렸다.

"저희는 이만 갈게요. 더는 할 말이 없네요."

"아빠, 엄마…… 나 버리지 마……. 나 버리지 마…….."

휙 하고 차를 돌려 가 버리는 남녀.

아이는 그 차를 따라가기 위해 뛰어가다가 넘어져서 바닥을 나뒹굴었다.

하지만 차는 어느새 속절없이 멀어져 가 버렸고, 원장이 다가가서 아이를 안아 줬다.

"예인아, 미안하다……. 예인아…… 미안해……. 선생님이 너무 미안해…….."

아이를 안고 우는 원장 선생님의 모습.

"아빠…… 엄마…… 나 버리지 마……. 엄마, 아빠…… 엉엉……."

차가 가 버린 방향을 보면서 울음을 그치지 않는 아이.

주위의 사람들은 이미 혼이 나가 버린 상황이었다.

"아니, 누가 이 엿 같은 상황 설명 좀 해 줄래?"

손채림은 어이가 없어서 노형진을 바라보며 물어 왔지만, 노형진이라고 해도 대답해 줄 수 있는 게 없었다.

하지만 한 가지는 확실했다.

"뒤풀이 못 간다고 전화 좀 해라. 와, 오늘 진짜 여러모로 열 받는 날이네."

결국 아이는 울다가 지쳐서 잠들었다.

지쳐서 소파에서 잠든 아이는 여섯 살 정도 되어 보였다.

"예인이는……."

잠든 아이의 머리를 쓰다듬어 주던 원장은 한숨을 푹 쉬었다.

"예쁘지 않아요, 우리 예인이?"

"네…… 예쁘네요."

그 나이 아이들이 다 귀여운 상이기는 하지만, 확실히 예인이는 다른 아이들보다 훨씬 귀여운 모습이었다.

하지만 너무 울어서 눈이 퉁퉁 부어, 너무나 안쓰러웠다.

"원장님, 지금 상황이 제가 이해가 안 가는데요."

노형진은 차분하게 물었다. 하지만 가슴속에서는 엄청난 분노가 치밀어 오르고 있었다.

예인이는 아까 그 두 사람을 아빠와 엄마라고 불렀다.

그런데 그 두 사람은 예인이를 마치 물건 내팽개치듯이 여기에다 버리고 가 버렸다.

그 충격을 도대체 아이더러 어떻게 받아들이란 말인가?

고작 여섯 살짜리가.

"예인이는……."

원장 역시 분노를 삼키기 위해 엄청나게 노력하고 있었다.

그녀는 다시 자신의 앞에 놓인 잔의 물을 쭈욱 들이켰다.

하지만 그런다고 가슴의 불이 꺼지지는 않았다.

"예인이는……."

드디어 제대로 시작된 말.

"세 살 때 입양되었어요. 원래 애엄마는 미혼모였어요. 아이를 키울 수 없어서 여기에다 맡겼죠."

"그런데 왜 아이를 여기에다 버리고 간 겁니까?"

"예인이 엄마, 그러니까 입양해 간 부모 측이 불임이었어요."

몇 년간 수차례 노력했지만 아이가 생기지 않았다.

"그래서 최후의 수단으로 입양을 생각했죠."

"그런 건 흔하게 있는 일이지요."

입양을 하게 되면 일반적으로 남아보다는 여아를 선호하는 성향이 있다.

거기에다 예인이는, 누가 부모인지는 모르지만 또래보다 훨씬 귀엽게 생겼다.

"그래서 예인이가 세 살 때 저희 쪽에서 보내 줬죠. 그런데 얼마 전에 연락이 왔어요. 예인이가 다섯 살 때…… 그러니까 작년이네요."

"무슨 연락요?"

"아이가 생겼다고요."

"아이가 생겼다고요?"

"네, 물론 그건 축하받을 일이지만……."

수년간 아이를 가지기 위해 노력했고, 그 결과 아이가 생겼다. 그건 참으로 축복받을 일이다.

"그런데 예인이가 동생을 자꾸 미워한다고……."

"그건 당연한 거 아닌가요?"

손채림은 눈을 찌푸렸다. 결혼도 안 한 그녀지만, 아이들이 동생이 생기면 애정의 라이벌로 생각해서 처음 얼마 동안은 샘을 낸다는 것은 누구나 다 아는 상식이다.

"그런데 그 부모들은 그렇게 생각하지 않았나 봐요."

예인이는 아이답게 행동했던 것뿐이지만, 친자식이 생기자 부모에게 밉보이기 시작했다.

"아무래도 자기 자식이 생기니까 그쪽에 마음이 더 가는 건 어쩔 수 없겠지만……."

"설마……."

"그쪽에서 예인이를 파양하겠다고 했어요. 이제 필요 없다고."

"이제 필요 없다고요?"

"아니, 이거 미친 새끼들이네!"

노형진은 자신의 귀를 의심했고, 손채림은 저도 모르게 욕을 내뱉었다.

"아이가 무슨 장신구야?"

어이가 없어서 발끈하는 손채림.

노형진은 고개를 끄덕거렸다.

"맞는 말이다."

아이는 사랑으로 키워야 하는 대상이다.

자신이 직접 낳은 게 아니라고 할지라도, 한 명의 사람으로서 소중하게 대해야 하는 대상이기도 하다.

그런데 필요가 없다?

"네, 그래서 작년부터 예인이를 데리고 가라고 재촉했어요."

"그게 말이나 되는 소리야? 자기들이 입양해 놓고 이제 자기들 애 낳았으니까 버리겠다고? 기르는 개한테도 그렇게는 안 해! 그쪽, 미친 거 아냐?"

"흠…… 일단 들어 보자."

너무 흥분하는 손채림을 진정시키면서 이야기를 계속 듣는 노형진.

"당연히 안 된다고 하셨겠군요."

"네. 예인이는 주변을 인지할 때부터 그 두 사람을 엄마 아빠로 알고 커 왔어요. 이제 여섯 살이고, 그 사람들이 가족이에요. 그런데 이제 너는 우리 가족이 아니니까 버린다는 게 말이나 되는 소리예요?"

"말도 안 되죠."

"그래서 그들의 파양을 받아들이지 않았어요. 그랬더니 소송을 걸었지요."

"기각되었겠네요."

"변호사라 잘 아시네요."

"사람은 도구가 아니니까요."

가끔 파양하는 게 그냥 신고만 하면 되는 쉬운 일인 줄 아는 사람들이 있는데, 파양은 한 아이의 미래와 인생이 걸려 있고 아이에게 어마어마한 인생의 상처를 남기게 되는 일이다.

그래서 재판부는 법에서 정한 특수한 경우가 아니면 재판상의 파양을 인정하지 않는다.

"이 경우는 저쪽에서 소송을 건다고 해도 이길 수가 없지."

없는 정도가 아니다.

아예 재판조차 하지 않고 바로 기각한다.

"그게 6개월 전이에요."

"후우."

노형진은 한숨을 푸욱 쉬었다.

"그러니까 아이를 입양했는데 친자를 낳으니까 미워졌고, 그래서 버리겠다 이거군요."

"네."

"이것들이 사람이야?"

손채림의 말에 노형진은 차갑게 말했다.

"인두겁을 뒤집어썼다면 법적으로는 사람이지."

인두겁, 그러니까 인간의 껍질.

"하지만 그 안에 있는 건 사람이 아닌 것 같아."

무려 3년을 키운 아이다.

자기를 엄마 아빠라고 따르며, 자신들에게 재롱을 떨고 집 안에 웃음을 가져다주던 아이다.

그런데 친자가 생겼다고 그냥 가져다 버린다?

"우리 예인이 불쌍해서 어떻게 해요."

눈물을 흘리며, 눈물범벅이 된 예인이의 얼굴과 머리를 쓰다듬어 주는 원장.

"진짜…… 가슴이 답답하다. 답답해 미치겠네."

"누구인들 안 그럴까?"

"도대체 왜 이러는 거야? 이미 소송에서는 졌다면서? 그런데 왜 버리고 가느냐고."

노형진은 한숨을 내쉬었다.

"파양하는 방법이 소송만 있는 건 아니니까."

파양.

입양을 파기하는 행위.

아주 예민한 문제여서, 법원에서는 잘 해 주지 않는다.

"보통 파양하려면 양측의 학대가 있어야 해."

자식이 부모에게 하든 부모가 자식에게 하든, 패륜 행위가 존재하지 않으면 어지간해서는 파양 허가가 나오지 않는다.

"하지만 대부분의 파양은 합의 파양이야."

"합의 파양?"

"그래, 양 당사자가 파양에 동의하는 거지."

"지금 저 애가 여섯 살이야. 그런데 동의한다고?"

"그런 경우에는 입양을 주선했던 법정대리인이 동의서를 쓰지. 이 경우는 원장님이 책임자겠지."

원장은 고개를 끄덕거렸다.

"그래서 저한테 동의서에 사인을 하라고 계속 요구해 왔지요."

"아니, 사인을 안 하면 안 되는 건가요?"

"현실적인 문제가 있으니까요."

"현실적인 문제?"

"네. 부모인 저들이 아이를 미워하면, 아이는 어떻게 되겠어요? 그것도 같이 있어야 하는데."

"아⋯⋯."

싫어하는 사람과 같이 있는데 자신이 절대적인 갑이라면, 자연스럽게 학대를 하게 된다.

"그래서 어쩔 수 없이, 저쪽에서 요구를 해 오면 포기하고 동의서를 써 줄 수밖에 없어요."

원장은 힘겹게 말했다.

"그들이 데리고 있게 해 봤자 아이는 차별과 학대를 당할 뿐이니까."

"그런 게 현실이라고?"

"현실이지. 사람들이 모두 상식을 가지고, 그 상식대로만 행동한다면 얼마나 좋겠어."

아낌없이 사랑받던 아이가, 동생이 태어났다는 이유로 졸지에 천덕꾸러기가 되어서 차별을 받는다면 아이의 미래가 어떻게 되겠는가?

"참으로 안타까운 일이지만 말이지. 저쪽에서 파양을 결정한 이상 돌아갈 방법은 없어."

법적인 문제가 아니라 감정의 문제다.

"더군다나 이런 경우는 양가 모두 엮이는 게 대부분이지."

"뭐? 그게 무슨 소리야?"

"파양은 자식을 내쫓는 행위야. 즉, 그 전까지는 할머니 할아버지라는 존재도 아이를 자기 손주로 대하고 있었다는 소리지. 그런데 그들의 동의도 없이, 저들이 마음대로 파양을 하려 들 것 같아?"

아마 정상적인 할머니 할아버지라면 네놈들이 사람 새끼냐며 펄펄 뛸 것이다.

"그러면 조부모 쪽도 허락했다는 거야?"

"그래, 그것도 양쪽 다."

조부모 모두, 그러니까 친가와 외가 모두 아이를 버렸다는 거다.

"실제로 학대로 자살한 사건도 있었고요. 그래서 우리가 파양 동의서에 사인을 안 해 줄 수가 없어요."

이것이 밥이다

"그런 일이 있었습니까?"

"네, 지금과 똑같았죠."

먼저 입양된 아이.

나중에 태어난 친자이자 동생.

그때부터 시작된 학대와 방치.

정에 굶주린 아이는 자신을 사랑해 주던 할머니, 할아버지를 찾았지만, 그들도 아이를 차갑게 내쳤다.

"그 아이가 자살한 때가 중학교 2학년이었어요."

버티다 버티다, 결국 아이가 선택한 것은 자살.

"끄응……."

손채림은 충격을 받은 얼굴이었다.

"미안하다, 예인아……. 좋은 부모를 찾아 줬다고 생각했는데……."

얼굴을 쓰다듬는 원장의 손길을 느낀 건지 더욱 움츠러드는 예인이.

"엄마…… 아빠…… 잘못했어……. 버리지 말아 줘……."

꿈에서조차도 공포와 두려움에 떠는 아이를 보면서 노형진은 입술을 깨물었다.

"가자."

노형진은 자리에서 일어났다.

시계를 보니 벌써 밤이 늦었다.

"어딜 가?"

고개를 들어서 노형진을 바라보는 손채림.

"사무실."

"사무실?"

"저쪽에서 사람으로 행동하지 않는다면……."

노형진은 툭툭, 먼지를 털어 냈다.

"나도 사람으로 대해 줄 생각 없어."

노형진은 주먹을 꽉 쥐었다.

"짐승 새끼 좀 잡아 보자."

애가 불쌍하다, 진짜

　예인이의 부모인, 아니 부모였던 유성악과 장서희.

　두 사람의 신상은 어렵지 않게 알아낼 수 있었다.

　그리고 신상을 알아낸 순간, 노형진의 눈에서는 빛이 반짝였다. 땡잡았다고 생각했기 때문이다.

　"허, 그런 사람이 있었어?"

　노형진의 말에 유민택은 혀를 끌끌 찼다.

　"네, 둘 다 대룡에 속해 있습니다. 유성악은 부장이고 장서희는 과장이더군요."

　"끄응…… 일을 할 때 인성까지 다 따지지는 않으니까."

　유민택은 입맛을 다셨다.

　기업이 아무리 착해지려고 한다고 해도, 직원 개개인까지 모두 착해지는 것은 무리다.

더군다나 대룡같이 거대한 기업은 사실상 그게 불가능하고.

"그런데 어떻게 안 건가?"

"뒷조사를 좀 했습니다. 어느 회사에 다니나 하고요."

"어느 회사에 다니나 하고 조사를 했다라……."

유민택은 고개를 끄덕거렸다.

노형진이 그 정도까지 뒷조사를 했다면 목적은 하나다.

"회사에 압박을 가할 생각이었군."

"솔직하게 말해서요? 네, 그럴 생각이었습니다. 만일 버티면 마이스터로서 싸움이라도 하려고 했지요."

"어지간히 열 받았나 보군."

"아마 회장님도 그 현장에 계셨으면 화가 안 날 수가 없었을 겁니다."

아직도 아이는 부모에게 버림받은 것을 믿지 못하고, 자기가 잘못해서 그런 거라고 자책하고 있다.

고작 여섯 살짜리가 극단적인 우울증 증세를 보이고 있는데 화가 안 난다면 그게 더 이상한 거다.

"연락은 해 봤나?"

"이미 해 봤습니다. 그런데 가관이더군요."

"가관이야?"

"네. 어차피 아이들은 좀 크면 다 기억도 못 하는데 뭘 그렇게 심각하게 받아들이냐고 도리어 성을 내더군요."

"과연 그럴까?"

"그럴 리가요."

여섯 살쯤 되면 자신의 인생을 기억하기 시작한다.

반복적인 일이나 아주 충격적인 일 같은 것 말이다.

"확실히 인성이 개판이기는 하지만 말이지, 그렇다고 해서 우리가 뭘 어떻게 할 수 있는 게 없군."

유민택은 안타깝다는 듯 말했다.

"차라리 작은 회사라면 핑계를 만들어서 자르면 그만이겠지만, 우리 대룡은 아무래도 사회적으로 규모가 있으니까."

그래서 부당 해직의 경우 법원까지 갈 가능성이 높고, 그럴 경우 해고당한 사람이 복직하게 될 가능성이 아주 높다.

"아, 그 부분에 대해서는 걱정하지 마세요. 제가 회사를 족친다고 한 건, 그들이 운영하는 회사이거나 친인척이라 못 자른다고 버틸 때를 이야기한 겁니다."

"그러면?"

"자를 수 있는 적당한 핑계를 만들어 드리겠습니다."

"그건 문제가 안 되는데 말이지."

유민택은 잠깐 고민하다가 입을 열었다.

"그래서 우리한테 요구하는 게 있을 텐데? 고작 그 인간들이 인간쓰레기라는 이야기를 하러 온 건 아닐 테고."

"대룡의 힘이 필요해서 온 건 사실입니다."

"방금은 족친다며?"

"상황은 바뀌는 거죠."

"뭐, 도와주긴 하겠네만, 아까도 말했다시피 직원 둘을 동시에 자르는 건 문제가 심각하네. 더더군다나 부부라면 말이지."

"두 사람이 아동 학대범이라면 문제가 안 되죠."

"응?"

"제가 여기에 온 이유는, 대룡은 어린이집을 자체 운영하고 있기 때문입니다."

"그건 그렇지."

노형진의 조언을 얻어서 대룡은 회사 내부에 어린이집을 자체 운영하고 있다. 부모들은 출근할 때 거기에 아이를 데려다 맡겨 놓고 퇴근할 때 데리고 간다. 그러한 복지가 잘되어 있어서 대룡은 직원들의 충성도가 상당히 높은 편이다.

이렇듯 회사에 어린이집이 있는데 두 사람이 비싼 돈을 주고 다른 곳에 아이를 맡겼을 가능성은 제로였다.

"그거랑 이거랑 무슨 관계가 있다는 건가?"

"시작점이 다르지요."

"시작점?"

"네, 이게 문제가 된다면 아마 대룡도 욕을 좀 먹을 겁니다."

"그건 어쩔 수 없지."

사람들은 기업이 착하면 직원도 착하기를 원하니까.

하지만 이게 문제가 된다면, 심각한 타격은 아니겠지만 대룡의 이미지에 영향이 아예 없을 수는 없다.

"하지만 대룡이 먼저 문제를 알아챈다면 이야기는 달라지지요."

"먼저 알아챈다?"

"보육 시설의 선생님들은 아이에게 문제가 생겼다고 생각되면 고발할 의무가 있습니다."

"그게 무슨…… 아하! 무슨 뜻인지 알겠군. 아이가 지금 보육원에 있다고 했지?"

"네."

예인이는 보육원의 보호를 받고 있다.

그렇다면 자연스럽게 회사의 어린이집에 아이가 오지 않게 되었을 것이다.

"아이를 매일 보던 어린이집 입장에서는 아이가 실종된 셈이지요."

"그리고 우리가 먼저 알아차리고 실종 신고를 한다라……."

"그러면 세상에 이 문제가 나가도 대룡을 욕할 사람은 없을 겁니다."

"그렇지."

"그리고 파급력도 다르고요."

"다르다고?"

"원장 선생님이 그러시더군요, 이런 일이 종종 있다고."

하지만 이슈가 되지는 않는다.

어째서일까?

그냥 너무 흔한 일이어서?

그런 거라면 노형진을 비롯한 새론의 사람들이 이렇게 흥
분할 이유가 없다.

"파급력이 있는 대상이 끼어들지 않았으니까요. 지금까지
는 말입니다."

"하지만 대룡이라면 파급력이 있다는 거로군."

"네."

"그게 무슨 뜻인지 아는 건가?"

"압니다."

아마 이 계획이 시작되면 예인이의 부모는 사회적으로 매
장당할 것이다.

"둘 다 매장시켜 버릴 겁니다."

"가혹하군."

"아이한테는 더 가혹한 일이지요."

"친자에게는?"

"알아서 키우겠지요."

노형진은 어깨를 으쓱했다.

"우리나라 법상, 그들에게 실형이 나오지는 않을 겁니다."

아이가 있으면 선처하는 버릇이 있는 대한민국의 법원이
니까.

"뭐, 그 나이에 굶어 죽으라는 법은 없지 않겠습니까?"

"그럴지도 모르지."

이것이 법이다

유민택은 피식 웃었다.

물론 굶어 죽지는 않을 것이다.

'하지만 인생이 편하지는 않을 테지.'

대룡이라는 대기업의 부장과 과장급이면 엘리트 취급받는 삶이다.

그런 삶을 살다가 나가떨어지면 얼마나 충격을 받겠는가?

'하긴, 그놈들이 충격을 받아 봤자인가?'

아무리 충격을 받아도, 버려진 아이보다는 덜할 것이다.

"내 연락해서 아이들에 대한 전수조사를 명령하지. 그 정도면 되는 건가?"

"네. 대룡 내에서 아이가 실종되었으니 아마 경찰은 부모를 신나게 족칠 겁니다, 후후후."

유민택은 노형진의 말대로 아이들의 안전을 위해 전수조사를 명령했다.

사실 아동 학대로 인해 가끔 불시에 전수조사가 벌어지곤 했기에 사람들은 이상하게 생각하지 않았다.

아동 학대 문제는 선생님들이 잘만 봐도 절반 이상 막을 수 있으니까.

"원장님."

"왜 그래요, 김 선생?"

"저기, 예인이가 벌써 일주일째 안 오고 있어요."

"예인이가요?"

"네."

"확실한 거예요?"

"네."

"그럴 리가……."

원장은 심각한 얼굴이 되었다.

일주일이나 아이가 오지 않았다.

그건 심각한 문제다.

"예인이 부모님한테는 연락해 봤어요?"

"죽었다는데요."

"뭐라고요? 죽었다고요?"

"네."

"아니, 그럴 리가."

아이가 죽었을 정도의 사건이라면 자신들이 알아야 한다.

그리고 부모 입장에서는, 아이가 죽었다면 정신이 없어야
한다.

"하지만 예인이 동생 예성이는 계속 왔잖아요?"

"그래서 이상해요. 누나가 죽었으면 장례를 치렀을 텐데,
예성이는 하루도 빠지지 않고 계속 왔다는 게……."

"이거 이상하군요. 알았습니다. 나가 보세요. 이 문제는

내가 확인해 볼게요. 아, 그리고 혹시 모르니까 예성이 잘 봐봐요, 학대 흔적이 있나. 그쪽 부모들한테는 의심하고 있다는 거 걸리지 않게, 연락하지 말고."

"네, 원장님."

원장은 선생님이 나가자 바로 어디론가 전화를 걸었다.

ㅡ네, 회계 팀입니다.

"여기 어린이집입니다. 혹시 유성악 씨 출근 기록을 알 수 있을까요?"

ㅡ무슨 일이시죠?

"그분 따님인 예인이가 죽었다고 더 이상 데리고 오지 않는데, 동생 예성이는 계속 잘 오고 있거든요. 아시다시피 회장님께서 이상 징후 전수조사를 명령하셔서요."

ㅡ아, 잠시만요.

유성악이 근무하는 회계 팀의 직원은 슬쩍 목소리를 낮췄다. 어찌 되었건 자신의 상관의 문제이니까.

ㅡ일단 부장님 기록을 확인해 봤는데, 계속 출근하셨어요. 문제는 없었구요. 그런데 예인이가 죽었다는 게 정말이에요?

"그쪽은 그렇다네요?"

ㅡ그럴 리 없는데?

다른 것도 아니고 자녀가 죽었는데 동료가 모른다는 건 말도 안 된다.

애초에 자녀가 죽으면 부모는 장례를 치를 수밖에 없다.

하지만 유성악은 장례를 치른 적이 없다.

"일단 입단속 좀 해 주세요. 뭔가 이상하니까."

─네, 그럴게요.

원장은 곧바로 장서희가 일하는 인사 팀으로 연락해서 확인했다.

하지만 그쪽도 별 이상 징후를 보이지 않았다고 했다.

'이건…… 이상해.'

그녀는 안다, 가끔 부모가 자식을 죽이면 이런 식으로 모른 척 넘어가려고 한다는 것을.

아이가 갑자기 안 보이는 건 그다지 좋은 현상은 아니다.

'아무래도 경찰에 연락해야겠어.'

그녀는 마음을 강하게 먹고 전화기를 들었다.

⚖

"왜 직접 신고하지 않는 거야?"

손채림은 서류를 작성하는 노형진을 보고 고개를 갸웃하며 물었다.

"응? 뭘?"

"그 두 사람 말이야. 너라면 충분히 직접 고소할 수 있잖아. 혹은 아니라고 원장님한테 말씀드려도 되고."

"뭐, 맨 처음에는 그러려고 했지."

"그랬는데?"

"그랬는데, 너도 알다시피 대룡이더라고. 더 좋은 카드가 생기면 써먹어야지."

사실 그 두 사람은 누가 신고를 하든 아동 유기죄로 처벌을 받을 수밖에 없는 상황이다. 상황이 어찌 되었건 아직 그 둘의 아이로 등록되어 있으니까.

"문제는 일단 다른 사람들이 보는 앞에서 믿을 만한 사람한테 버렸다는 거야. 뭐, 이 경우 기껏해야 벌금이겠지."

노형진은 머리를 북북 긁으며 서류를 덮었다.

"더군다나 그들에게는 아이가 있어. 그러면 전에도 말했다시피 선처받아서 무조건 벌금이 나오겠지."

"그건 그래. 한국 법원의 '선처 주의'야 뭐 유명하니까."

"그래. 그럼 그 이후에는 어떻게 될까? 다시 아이를 데려가? 그걸로 끝일 텐데?"

"아…… 음…… 그러네."

손채림은 한숨을 쉬었다.

고발하면 아무리 잘해 봐야 유기죄로 벌금 정도다.

그들의 행동은 분명히 사회적으로 지탄받을 만한 짓이지만, 형량이 강해지려면 위험을 야기하거나 위험을 알면서도 방치해야 한다.

"그들이 예인이를 버리고 간 건 사실이지만, 위험을 야기하거나 방치한 건 아니니까."

이야기가 길어질 것 같은지 노형진의 건너편에 자리를 잡고 앉는 손채림.

"그래서 일단은 그들을 사회적으로 고립시키는 게 우선이라고 생각했어."

"법적으로 처벌이 안 된다면 사회적으로 처벌하겠다는 소리구나."

"그래. 그래서 회사를 조사해 달라고 부탁한 거고."

다행히 그들이 다니는 회사는 자신들과 밀접한 관계가 있는 회사여서 싸움을 피할 수는 있었다.

"그리고 회사에서 운영하는 어린이집에는 그들이 이야기하지 않았지."

"누가 그런 걸 이야기해. 자기들이 후안무치한 패륜범이라는 걸 증명하는 꼴인데."

"내가 노린 게 그거야. 과연 이 사실이 대롱에 소문나지 않을까?"

"아하!"

회사 전체에 소문이 나 버리면 그들의 정상적인 사회 활동은 불가능해진다.

물론 업무상 엮일 수밖에 없는 일에는 엮이겠지만, 자기 자식도 버리는 패륜범들을 주변에서 좋게 볼 수는 없다.

"우리가 그걸 주변에다가 떠들고 다니면 명예훼손이야. 하지만 그들이 범죄로 인해 조사받고 그 처벌 내역이 회사에 가는 것은 명예훼손이 아니지."

그들의 일상을 하나씩 말려 죽이는 것.

그게 노형진의 목표였다.

"그런다고 반성할까?"

"할 리 없지. 한다고 해도 내가 봐줄 생각도 없고."

그들이 느낄 고통은 아이가 느끼는 고통의 절반도 되지 못한다.

여섯 살 아이에게 부모는 세상 전부인데, 그 세상이 자신을 버린다고 생각해 봐라.

아마 죽음이라는 개념을 알고 있는 어른이라면 자살부터 생각했을 것이다.

"과연 세상이 자기를 버리는 느낌이 뭔지, 느끼게 해 줘 보자고."

⚖️

유성악과 장서희는 회사에서 고개를 들고 다닐 수가 없었다. 아이를 입양했다가 필요 없다고 내다 버렸다는 소문이 났기 때문이다.

"다시 해 와."

전무는 유성악이 올린 보고서를 집어 던졌다.

그가 던진 서류철은 허공을 펄펄 날아서 바닥에 떨어졌고,

서류철에서 튀어나온 종이는 허공에 날아다녔다.

"전무님, 이 프로젝트는 제가 진심을 다해서 준비한 겁니다!"

"아이고, 그러셔? 아이의 마음도 모르는 사람이 아이들을 위한 프로젝트라니, 그건 아닌 것 같은데? 아니다, 너 다른 거 해라. 이건 아이 잘 키우는 서 부장한테 맡길게."

유성악은 아랫입술을 지그시 깨물었다.

주변에서 자신을 보고 숙덕거리는 것이 느껴졌다.

"알겠습니다."

부들부들 떨리는 손으로 서류를 들고나오는 유성악.

그가 다시 사무실로 돌아왔을 때, 사람들은 그를 차가운 눈빛으로 바라보고 있었다.

"뭘 꼬나봐! 어! 일하라고 월급 주는 거지 구경하라고 월급 주는 거야!"

발끈한 유성악은 화가 나서 소리를 질렀다.

온 회사에 소문이 다 난 이후로 주변에서 그를 도와주는 사람은 단 한 명도 없었다.

소문으로는 유민택이 노발대발했다고 한다.

'아니, 소문이 아니겠지.'

이미 감사 팀에서 자신과 아내의 모든 업무 기록을 이 잡듯이 뒤지고 있다는 소식을 들었다.

뭐라도 하나 건수를 잡기 위해 말이다.

'젠장, 그 빌어먹을 계집애 하나 때문에 내가 이게 무슨 꼴

이야.'

그는 예인이 때문에 이런 일이 벌어졌다는 생각에 입술을 깨물었다.

어차피 크면 자신이 누구인지 기억도 못 할 아이인데, 그것 때문에 자신이 이렇게 고통받아야 하다니 어이가 없어서 말이 안 나왔다.

"당장 가서 일 안 해! 어! 월급은 땅 파서 나오는 줄 알아!"

유성악은 그럴수록 자신의 자리를 지키기 위해, 자신의 권력으로 주변 사람들을 찍어 누르는 데에 집착했다.

주변에서 자신의 감정을 알아주지는 않을 테니까.

"네네, 가서 일해야지요."

그의 분노에, 대리 하나가 조용히 움직이며 말했다.

"자식새끼 먹여 살리려면 열심히 돈 벌어야지요."

"너…… 너…….."

"저도 얼마 전에 애 낳아 보니 아주 눈에 밟히더라고요. 그 애를 어떻게 잘 키울지만 고민 중입니다."

자신을 놀리기 위해 하는 말이라는 걸 안다.

하지만 주변에서 다들 대리를 편들어 주는 시선을 보내고 있었다.

멱살을 잡고 싸우고 싶어도, 여기에 자기편은 없었다.

"젠장!"

유성악은 거칠게 소리를 지르면서 자리로 돌아갔다.

그런데 그의 자리에 못 보던 종이가 하나 있었다.

"이건 뭐야?"

"아까 인사 발령부에서 보내 준 거예요."

"인사 발령부?"

"네."

지금은 인사 발령 시기가 아니다.

그런데 인사 발령부라니.

유성악은 갑자기 심장이 미친 듯이 뛰었다.

자신이 불이익을 받는 게 너무나 억울했다.

그는 떨리는 마음으로 종이를 열었다.

그러자 하얀 종이 위에 인쇄되어 있는 발령.

유성악 부장, 대한민국 전라남도 신안군 식품구매 팀 책임자로 발령.

그는 입술을 깨물었다.

신안은 염전이 유명하다.

그렇기에 신안 식품구매 팀이 하는 일은 그곳의 염전에서 소금을 수거해 공장으로 보내는 것뿐이다.

좋게 말해서 식품구매 팀이지, 그냥 소금 사서 식품 회사에 공급하는 노가다꾼이라는 거다.

하지만 문제는 그게 끝이 아니었다.

부부라서 그런지 아내도 같이 발령이 났다.
그런데 장소가 다르다.

　장서희 과장, 대한민국 강원도 양구군 화장품 홍보 팀 책임자
로 발령.

전라남도 신안과 강원도 양구.
아예 작심하고 부부를 찢어 둔 셈이다.
더군다나 양구에서 화장품 홍보라니.
양구에 거주하는 사람은 대부분 남자다.
왜냐?
군대가 거기에 상당수 주둔하고 있으니까.
물론 여성이 아예 없는 건 아니지만, 도심지 작은 동만큼
의 소비도 안 나오는 동네다.
젊은 여자들은 거기에 살지 않으려고 해서 온통 할머니,
아줌마뿐이니까.
거기에다 애초에 대룡은 화장품을 만들지도 않는다.
즉, 그냥 책상만 있는 자리라는 소리다.
있지도 않은 화장품을 어떻게 홍보하란 말인가?
"이익……."
유성악은 이를 박박 갈았다.
그리고 자리를 박차고 인사 팀으로 달려갔다.

"이거 뭐야! 지금 나랑 싸우자는 거야!"

그는 동기인 인사 팀 부장의 책상에 '쾅!' 하고 서류를 내던졌다.

"뭐긴, 인사 발령이지."

전에는 늘 그를 반겨 주던 동기는, 힐끗 서류를 살피고는 시큰둥하게 말했다.

"왜 발령이 이딴 식으로 나냐고!"

"순환 근무야, 순환 근무."

"순환 근무?"

"알잖아, 승진 대상자는 순환 근무 차원에서 지방에 한 번은 내려보내는 거?"

"장난해!"

부장을 단 지 아직 2년도 채 되지 않았다.

벌써 승진 대상이 될 리 없는 것이다.

"지금 이거 나 엿 먹이는 거지 뭐냐고!"

그는 동기가 무슨 변명이라도 할 줄 알았다.

하지만 동기는 변명 대신에 믿기 힘든 말을 건넸다.

"부당 발령으로 고소해."

"뭐?"

"부당 발령으로 고소하라고. 자기 자식도 고소하는 놈이 회사는 고소 못 해?"

"너…… 너……!"

"아아, 난 모르겠다. 너도 알다시피 인사권은 회사의 권한이잖아?"

그리고 인사권 행사를 거부하고 고소하려면, 일단 발령지에 가서 근무하면서 해야 한다.

그러면 소송을 하러 매번 서울로 와야 한다.

"그리고 너도 알 거야. 이거 못 이겨."

인사권은 회사의 권한이다.

이기기 힘들다.

거기에다 부장은 노조 소속이 아니라서, 노조나 노조 소속 변호사의 도움도 받지 못한다.

설사 이긴다고 한들, 회사는 전혀 엉뚱한 먼 곳으로 다시 보내 버리면 그만이다.

"그냥 조용히 머리 좀 식힌다 생각하고 갔다 와."

"너…… 너…….."

"일단은 말이지. 감사 끝날 때까지만 말이야."

"……."

저 말이 의미하는 것은 하나뿐이다.

자신들을 그냥 쉽게 봐주지 않겠다는 의미.

"이이익…….."

유성악이 이를 박박 갈면서 물러나는 그때, 인사 팀의 부장이 한마디 툭 던지듯 덧붙였다.

"혹시나 해서 하는 말인데, 너 감사 중에 내는 사표는 수

리되지 않는 걸로 규정이 바뀐 거 알지?"

감사 중에 뭐 켕기면 사표 내고 흐지부지되는 경우가 워낙 많다 보니 생긴 규정.

감사 대상의 사표는 감사가 끝날 때까지 수리가 인정되지 않는다. 그래서 사표는 감사가 끝나고 징계까지 끝난 후에야 수리된다.

유성악은 이를 악무는 것 말고는 할 수 있는 게 없었다.

"아이 데리러 왔습니다."

원장은 자신을 찾아온 유성악과 장서희를 보면서 깊은 심호흡을 했다. 노형진이 말한 대로였다.

'찾으러 올 거라더니.'

노형진이 그랬다, 자신들이 불리해지기 시작하면 그 피해를 되돌리기 위해 예인이를 찾으러 올 거라고.

맨 처음에는 그러면 돌려보내라고 할 줄 알았다.

하지만 노형진의 말은 전혀 달랐다.

─절대 보내면 안 됩니다. 아마 다시 데리고 가면 학대를 할 겁니다.

물론 엄마와 아빠를 찾는 아이만 본다면 돌려보내고 싶다.

하지만 가 봐야 학대의 대상이 될 것이다.

아니면 이곳이 아닌 다른 곳에 아이를 버릴 수도 있고.

"안 돼요. 절대 돌려줄 수 없어요."

"아니! 내가 내 아이 데리고 가겠다는데! 그게 무슨 말도 안 되는 소리예요!"

장서희가 소리를 빽 질렀다.

당장 아이 하나 때문에 회사에서 퇴출당하게 생겼고 사회생활은 완전히 틀어졌다.

어떻게 해서든 아이를 데리고 가야 그나마 변명이 가능했다.

"당신들이 아이에게 무슨 짓을 했는지 몰라서 그래요?"

지금 데리고 가 봐야 이어질 것은 결국 학대.

아이에게 더 깊은 상처만 남을 게 뻔했다.

"아니, 이 노인네가 지금 뭐라는 거야! 아, 비켜! 우리는 우리 애 데리고 갈 거야!"

원장을 밀어내고 안으로 들어가서 아이를 데리고 가려 하는 유성악.

"안 됩니다! 간신히 안정을 찾았는데 이제 와서 아이를 보겠다고요? 아이한테 또 얼마나 상처를 주려고 그러는 거예요!"

"아, 비키라니까, 이 노친네야!"

"안 돼요!"

"당신들이 사람이야!"

결국 보고 있던 보육원 직원들까지 나와서 그들을 가로막
자, 유성악은 화가 머리끝까지 났다.

"이 새끼들이 증말! 보자 보자 하니까!"

"여보! 더 볼 것도 없어요! 이 교양도 없는 애들 말을 왜
듣고 있어요! 경찰 불러요, 경찰!"

"그래, 경찰! 이 새끼들아! 예인이는 아직 내 아이야! 알아!"

언성을 높이면서 경찰을 부르는 유성악.

하지만 경찰이 도착하기 전에 노형진이 먼저 도착했다.

아니, 거의 동시에 도착했다.

"그만하시죠."

"넌 뭐야, 이 새끼야!"

"변호사 노형진입니다."

"그런데 뭐? 아, 저기 경찰 온다! 경찰! 여기, 여기! 이 새
끼들이 우리 애를 잡고 안 놔줘요!"

"이건 유괴야! 유괴라고!"

안으로 들어와서 이야기를 듣던 경찰은 어쩔 수 없다는 듯
머리를 긁었다.

"아이 돌려주세요."

"안 됩니다. 아이가 얼마나 충격을 받았는데요."

"하지만 법적으로 아이에 대한 보호 권한이 있는 건 부모
님이잖아요? 그러니까 돌려줘요. 이거 유괴입니다."

노형진이 자신의 신분을 드러내지 않고 조용히 있자 경찰

은 귀찮다는 듯 심드렁하게 말했다.

'그래, 그랬지.'

한국의 잘못된 법 때문에, 부모가 아이에게 무슨 잘못을 하더라도 아이는 부모에게 돌아간다.

그리고 그 후에는……

'죽겠지.'

지금이야 데려간다지만, 자기 자식이 아니라고 버렸던 인간들이니 아이의 미래는 뻔하다.

"물론 법적으로는 그렇지요."

"누구십니까?"

"변호사 노형진입니다."

"변호사?"

변호사라는 말에 움찔하는 경찰들.

"일단 경찰분들의 말이 맞습니다."

"거봐요. 변호사도 그렇다잖아요."

"물론 그로 인해 발생하는 책임은 출동하신 경찰분들이 지시겠지요."

"네? 아니, 그걸 왜 우리한테 따지십니까?"

경찰이 가장 무서워하는 게 뭘까?

범인?

아니다. 책임이다.

자기가 책임져야 한다고 하면, 일단은 복지부동하면서 눈치만 보는 게 대한민국 공무원의 특징이다.

그중에서도 특히 경찰은, 눈앞에서 집단 구타가 벌어지고 있어도 싸움에 관여하기 싫어서 잠자코 구경하는 일도 있을 정도로 책임지는 것을 싫어한다.

"아직 법리적인 논쟁이 있거든요."

"법리적인 논쟁?"

"그렇습니다. 일반적으로 아이의 보호 권한은 부모에게 있는 게 맞습니다. 하지만 이번 사건에서는 부모가 먼저 아동에 대한 보호 권한을 포기하고 유기했습니다."

"그냥 여기에다 맡긴 거라고 들었는데요?"

"원래 범인들은 자기들에게 유리한 말만 하지요. 정확하게 말하면, 저들은 아동을 파양할 목적으로 이곳에 버렸습니다."

"으음……."

묘한 표정이 되는 경찰.

자신들은 기본적인 법률적 상식으로 일한다.

하지만 법리까지 따지고 들면 뭐라고 할 수가 없다.

왜냐하면 자신들이 그걸 판단할 권한이 없으니까.

"증거 있어? 증거 있느냐고!"

"여기는 아동을 보육하는 보육 시설입니다. 여기에 CCTV가 없을 거라고 생각하십니까?"

순간 유성악과 장서희는 입을 꾹 다물었다.

"거기에다 그 당시 그 장면을 본 사람들이 열 명이 넘습니다. 저를 비롯한, 저희 로펌의 직원들이지요."

"으음……."

"현재 이 두 분은 아동 학대와 아동에 대한 유기죄로 검찰의 수사를 받고 있습니다."

점점 더 곤란한 표정이 되는 경찰들.

"그런데 경찰은 이들에게 아이를 다시 넘겨주라고 하는군요. 현행법상 그게 맞다고 볼 수도 있지요. 하지만 현행법상, 아동에 대한 학대 사항을 알면서도 주라는 규정은 없습니다. 도리어 아동 학대가 명백한 경우 아동의 보호를 우선하라는 규정이 있지요."

"아니, 그건 저도 잘 모르는……."

경찰이 우물쭈물하자 노형진은 다른 걸 걸고넘어졌다.

"정식으로 기록을 남겨 주셔야겠습니다. 그래야 언론에 이 사건이 나갔을 때 보육원분들의 피해가 없지요."

"어…… 언론요?"

"아, 모르셨나요? 이 사건의 아동 학대 고발자가 대룡입니다. 그쪽에서 정식으로 자료를 준비하고 있지요. 아무래도 기업이 직원인 부모를 아동 학대로 고발하는 건 처음이니까."

다른 곳도 아니고 대룡이 연관되어 있다는 말에, 경찰들의 얼굴은 사색이 되었다.

"그러니 언론에 나갔을 때 보육원분들이 제대로 보호하지 못했다고, 엉뚱하게 이분들이 책임지는 사태를 막아야 하지 않겠습니까? 법률상 경합 중인 사건에서 경찰의 요구에 따라 아동을 가해자에게 넘겨줄 수밖에 없었으니, 그 책임은 당연히 경찰이 져야 할 테지요."

"아니…… 우리가 말한 건 그게 아닌데……."

경찰들은 어쩔 줄 몰라 했다.

상식적으로 부모에게 돌려보내는 게 맞기는 하지만, 노형진의 말대로라면 법리적으로 대립하고 있는 사건인 데다 아동 학대 건이라, 아이를 넘겨주게 했다가 일이 터지면 경찰이 독박을 쓴다.

'더군다나 대룡이 껴 있다고?'

단순히 순찰을 하는 일선 경찰들이 그런 걸 잘 알 리 없다.

결과적으로 그들은 슬쩍 발을 빼는 선택을 할 수밖에 없었다.

"저희는 그다지…… 잘 아는 것도 아니고……."

"그럴 때는 말이지요."

노형진은 경찰들을 바라보면서 씩 웃었다.

"선보고 후조치를 하면 됩니다."

"선보고 후조치?"

"무전기로 서장더러 오라고 하세요."

"네?"

"이런 거 판단하라고 서장이 있는 거 아니겠습니까?"

"……."

결국 서장이 오기는 했다.

하지만 서장도 어찌해야 할지 알 수는 없었다.

사실 서장이라고 해 봐야 한 지역 경찰의 장일 뿐, 이런 법률적 판단을 섣불리 해서는 안 되는 자리니까.

결국 서장은 다시 경찰청으로 연락해야 했고, 경찰청은 이런 예민한 문제에서 확실하게 선을 그었다.

"이곳에 있는 것이 아동에게 피해가 되지 않는 이상, 아무래도 법적으로 아동 학대 혐의가 있는 부모에게는 돌려보내지 않아도 된답니다."

두 경찰은 무전기로 들은 이야기를 앵무새처럼 읊으면서 슬쩍 뒤로 물러났다.

"그러면 저희는 이만."

"야! 너희들 뭐 하는 거야! 우리 애가 저기 있다고! 우리 애가!"

"당신들이 일단 아이를 먼저 버린 이상, 그 양육권에 대한 부분도 여전히 법리적인 판단이 이루어져야 합니다."

그들이 하는 말에 끝까지 태클을 거는 노형진.

경찰은 눈치를 슬슬 보더니 슬쩍 빠져서 순찰차로 가 버렸다.

"잘 이야기해서 해결하시기 바랍니다. 저희는 이만."

"야! 야!"

하지만 경찰들은 그냥 무시하고 가 버렸고, 유성악과 장서희는 입을 쩍 벌렸다.

"너…… 너 이 새끼! 변호사? 너, 내가 누군지 알아!"

화가 머리끝까지 나서 노형진의 멱살을 잡고 들어 올리는 유성악.

"알죠."

노형진은 고개를 끄덕거렸다.

뒷조사까지 했는데 모를 리가 있나.

"알면서 이래? 나 대룡의 부장이야! 부장! 너 하나 못 묻어 버릴 것 같아! 어디 변호사 찌꺼래기 새끼가!"

설마 대룡에서 벌어진 일이 노형진의 솜씨라고 생각하지 못한 유성악의 말에 노형진이 씩 웃었다.

"대룡의 부장이나 되는 분이 제 이름을 왜 모르실까?"

"뭐?"

"대룡에서 아동 학대로 고발한 건 아직 공표되지 않았잖습니까? 그걸 제가 아는 게 이상하다고 생각되지 않나요?"

"뭐? 그런……!"

그제야 유성악은 아차 싶었다.

아까 분명히 그랬다, 고발자가 대룡이라고.

하지만 대룡은 아직 내사가 끝나지 않아서 그걸 공표하지 않았다.

그런데 어떻게 처음 보는 변호사가 그걸 알까?

"노…… 노형진……."

순간 장서희가 노형진이 누구인지 기억해 냈다.

그제야 노형진이라는 이름과 새론이라는 이름이 떠오른 것이다.

대룡의 법률적 파트너인 곳.

"어어?"

그제야 뭔가 기억난 유성악은 잡은 멱살을 놓고 주춤주춤 뒤로 물러났다.

"아이를 위해서 저를 고용한 곳이 대룡입니다만?"

"그…… 네가 무슨 권한이 있다고……."

정신이 아득해지는 유성악.

설마 노형진까지 고용해서 보냈을 줄이야.

그래도 그는 애써 저항하려고 했다.

"물론 그게 문제가 되지요."

예인이의 법정대리인은 아직 저들이니까.

"그러니까 내가 당신들을 고발한 거고."

"뭐야?"

"아동 유기 및 아동 학대 사범이 법률적인 보호자인 경우, 법원은 대리인을 선임할 수 있지요."

노형진은 구겨진 넥타이를 바로잡으면서 말했다.

"그리고 그 재판 중이고 말이야."

"이익……."

"그러니 당신들에게 아이를 줄 수는 없어."

"너…… 너……."

"나라면 말이야."

노형진은 차갑게 두 사람을 바라보며 말했다.

"지금 당장 돌아가서 일단 변호사부터 선임하겠어. 아, 미리 말해 두는데, 양육권 문제로 다투고 있을 때 몰래 와서 아이를 강제로 빼앗아 가거나 몰래 데리고 가는 것도 납치야."

"이익! 두고 보자!"

유성악이 몸을 돌려서 차로 가 버리자, 장서희도 양쪽을 번갈아 보며 허둥대다가 유성악을 따라가 버렸다.

"감사합니다, 급하게 와 주셔서."

"아니요. 한 번은 밟아 놔야 할 테니까요."

노형진은 저들이 예인이를 찾으러 올 거라는 걸 알고 있었다. 그래야 자신들의 불리한 처지가 좀 나아질 테니까.

하지만 그게 더 노형진을 화나게 했다.

"끝까지 아이를 도구 취급하는군요."

자기들이 버려 놓고, 입장이 불리해지니 다시 아이를 데리러 온 인간들.

그들의 행동은 도무지 용납이 되지 않았다.

"이제 안 올까요?"

"안 올 겁니다. 납치라고 겁주기까지 했으니 섣불리 움직이지는 않을 거예요."

"그런데 납치 맞아요?"

"글쎄요."

"네?"

"모를 일이죠. 확실한 건, 법리가 아직 확정되지 않았다는 거죠."

법리의 확정은 아주 중요하다. 그래야 법적으로 어떤 논리로 처벌되는지 정확하게 규정하니까.

"한국은 성문법 국가입니다. 그래서 법리가 확정되지 않으면 처벌은 불가능합니다."

"그러면 아까 그건요?"

"반대죠. 법리가 확정되지 않은 상황이니까요."

경찰은 법리를 판단할 수 있는 국가기관이 아니다.

그리고 거기에 맹점이 있다.

"이런 일이 있어도, 하위 경찰은 아는 게 없습니다. 그들도 나름 법률 지식이 있지만 이런 걸 판단할 정도는 아닙니다. 설사 안다고 해도, 해서도 안 되는 자리고요. 그래서 제가 그런 겁니다."

군대에서 가장 먼저 배우는 것.

선보고 후조치.

"일단 보고부터 하면, 책임은 위로 넘어가거든요."

그들의 서장에게로 그리고 본청으로.

"그리고 본청급은 문제가 될지도 모르는 사건에 끼어드는 걸 꺼리지요."

"아아."

정확하게 말하면 문제가 될 만한 쪽의 의견을 들어 준다고 봐야 한다.

"아동 학대범에게 아이를 넘겨주는 경찰? 거기에다가 그 피해 아동을 보호하기 위해 고발한 곳은 다름 아닌 대룡이죠."

그에 반해, 유성악과 장서희 두 명에게는 아동 학대와 유기라는 죄목이 붙어 있다.

"경찰 입장에서는 우리 편을 들어 줄 수밖에 없죠."

법리가 확정되지 않았으니까 일단은 자기들이 책임지기 편한 쪽으로 판단하는 거다.

"나중에 문제가 되어 봐야, 그들이 민원을 넣는 수준밖에 안 되니까요."

더군다나 그들의 죄목이 있으니 그들이 민원을 넣어도 불이익은 없다.

"하지만 아동 학대나 유기죄를 가진 두 사람에게 아이를 줬다가 일이 틀어지면 아마 가루가 되도록 까일 겁니다."

아이가 두들겨 맞거나 최악의 경우 살해당하기라도 한다면, 경찰로서는 난감하다 못해서 죽고 싶은 상황이 될 것이다.

"그래서 언론을 언급한 거군요."

"네."

"감사합니다…… 덕분에 예인이가 충격을 덜 받겠어요."

이것이 법이다

만일 예인이가 그들을 봤다면 같이 가려고 했을 것이다.

그리고 그걸 막아야 하는 자신들 입장에서는 좋은 모습을 보여 주기 힘들었을 테고.

"해 줄 수 있는 게 이 정도밖에 없네요."

노형진은 안타깝다는 듯 입맛을 다셨다.

"일단은 예인이를 보호하세요."

"그런데 저들이 쉽게 포기할까요?"

"그럴 리 없죠. 사실상 사회생활을 못 하게 되었으니까요."

"그러면 이제 어쩌죠?"

"어쩌긴요. 돈 받아야지요."

"네?"

"법원의 결정은 이미 나온 것이나 마찬가지입니다."

아이를 차에서 끌어내서 보육원에 내팽개치고 가 버린 부모에게 다시 양육권을 주는 판사는 없다.

노형진이 그렇게 되도록 두지도 않을 테고.

"아마 예정대로 원장님이 양육권을 받아 올 겁니다."

"그래요?"

"네. 그러면 그때부터는 이야기가 달라지지요."

"달라져요?"

"네. 아까 그들 스스로 그러지 않았습니까, 아직 자기들 자식이라고?"

"그건 그래요."

"그러니 그 대가를 받아 내야지요."

노형진은 단순히 그들의 사회생활만 망쳐서 감정적인 복수만 할 생각은 없었다.

"그들에게 책임이 뭔지, 아주 뼛속까지 깊이 새겨 줄 겁니다, 후후후."

책임지는 법을 가르쳐 주마

"아깝네."

"뭐가?"

"아니, 인성은 개판인데 뭔 일을 그렇게 잘한 건지."

"인성이 나쁘다고 일 못하는 건 아니지. 반대로 인성 좋다고 일 잘하는 것도 아니고."

대룡의 감사 결과 그들에게 치명적인 문제점은 발견되지 않았다.

원래 대룡은 그들의 업무를 감사해서 해직 사유를 찾아내려고 했던 것이지만, 해직할 정도는 아니었다.

"물론 지방으로 발령할 수준은 되니까 다행이기는 해. 알아서 그만두겠지."

"쩝, 인성이 좋은 사람이 일도 잘하면 얼마나 좋을까?"

"그러니까. 그런데 정반대가 더 많을걸."

웃기게도 사회적으로 공감 능력이 떨어질수록 더 성공할
가능성이 높다.

공감 능력이 떨어지면 남의 사정을 봐주지 않고 인정사정
없이 밟아 버릴 수 있으니까.

"물론 인성이 나쁘면 나중에 문제를 일으키기는 하지만."

지금처럼 말이다.

"그나저나 저쪽도 소송 준비를 하고 있다는데."

"그럴걸. 아이를 돌려받고 싶어 하니까."

"진짜 애가 무슨 애완견도 아니고. 아니, 애완견도 그렇게
필요에 따라 거뒀다 버렸다 하지는 않는다."

"그러니까 인간이 아니라 인두겁을 썼다고 하는 거야."

노형진은 그렇게 말하면서 일어나서 프린터로 향했다. 그
리고 프린터에서 지금 방금 막 나온 소장을 꺼내 들었다.

"소장 다 썼다."

"이야, 역시 노형진. 수다 떨면서도 할 일은 다 하네."

"넌 일 안 하냐?"

"안 하긴."

손채림은 씩 웃으며 미리 준비한 내역을 앞에 내려놨다.

"이게 그 양가의 재산 상태야, 친가 외가 모두."

"그렇단 말이지."

노형진은 그걸 받아 보고는 씩 웃었다.

"과연 그 후안무치한 놈들이 뭐라고 대꾸할지 두고 보자고, 후후후."

"이게 무슨……."

유성악은 손을 부들부들 떨었다.

지방으로 내려와서 숙소라고 배정받은 곳은 당장 바퀴벌레라도 튀어나올 것 같은 허름한 빌라다.

이 꼴이 된 것도 어이가 없어 죽겠는데 그에게 날아온 소장은 머리를 부여잡게 하기에 충분했다.

ー여보, 이게 뭐야? 지금 왜 우리한테 아이 양육비와 정신적 치료비를 달라는 거야? 우리가 애를 데리고 있는 것도 아닌데!

장서희는 길길이 날뛰었다.

자신들에게 갑자기 아이 키우는 돈을 달라고 할 줄은 생각도 못 했기 때문이다.

"잠깐…… 잠깐, 생각 좀 하자."

ー이게 어떻게 된 거야! 말이 안 되잖아? 아이는 다른 놈이 데리고 있는데 왜 우리가 돈을 줘야 하냐고!

"입 좀 닥쳐 봐! 좀! 나도 알아볼 테니까!"

유성악은 거칠게 소리를 지르고 바로 전화를 끊은 후 자신이 선임한 변호사에게 전화를 걸었다.

"여보세요. 나 유성악인데, 방금 양육비랑 정신적 치료비를 내놓으라는 소장이 날아왔는데……."

그는 소장에 쓰인 내용을 변호사에게 읽어 줬다.

도무지 상황이 이해가 가지 않았기 때문이다.

-일단 법적으로 틀린 건 아닙니다.

"틀린 건 아니라니! 그게 무슨 말도 안 되는 소리야! 우리가 애를 데리고 있는 것도 아닌데!"

그런데 이쪽에서 양육비를 내야 한다니?

하지만 그가 알지 못했던 실수가 있었다.

-양육권과 친권은 다릅니다.

"양육권과 친권은 다르다?"

-네. 양육권은 아이를 기를 권리입니다. 이 경우는 유성악 씨가 양육권을 포기한 거죠.

"그러니까! 내 애도 아닌데 왜 내가 돈을 내느냐고!"

-진정하고 제 말을 들으세요. 친권은 친자에 대한 권한, 그러니까 자식에 대한 부모의 권리입니다. 그런데 이 경우에는 아직 그게 사라지지 않았습니다.

"어째서?"

-유성악 씨의 경우 친권이 상실되는 순간은 법원에서 파양이 확정되는 순간입니다. 친자의 경우는 일단 친자 관계

부존재 소송 같은 걸로…….

"말 돌리지 말라고!"

너무 어이가 없어 발끈해서 소리를 지르는 유성악.

자신이 왜 남의 자식 양육비와 치료비를 줘야 하는지, 그는 이해가 가지 않았다.

하지만 그가 받을 충격은 아직 끝나지 않았다.

─쉽게 말해서 이겁니다. 유성악 씨는 양육권을 포기했지만, 법적으로 아이는 아직 유성악 씨와 장서희 씨의 아이입니다. 그 경우 아이의 양육비와 정신적 치료비는 유성악 씨가 내는 게 맞습니다.

"뭐? 이런 미친! 그게 무슨 말도 안 되는 소리야!"

─법이 그렇습니다.

"도대체 언제까지! 내가 언제까지 그년 뒷바라지를 해야 하는데?"

발끈하면서 묻는 유성악.

상대방은 잠깐 침묵을 지키더니 천천히 말했다.

─안 그래도 말씀드리려고 했는데…….

"뭘?"

─이건 못 이깁니다.

전에도 소송을 넣었다가 기각된 적이 있다. 상황이 좀 바뀌었다고 해도, 법적인 상황이 바뀐 것은 아니다.

─법적으로 파양 조건은 무척 까다롭습니다. 그리고 현 상

황에서는 유성악 씨가 파양을 요구할 수 없습니다.

"뭐라?"

─그게 법입니다.

파양을 하려면 가족에 대한 패륜 행위가 있어야 한다.

하지만 고작 여섯 살짜리 꼬맹이가 무슨 패륜을 하겠는가?

동생에 대한 질투?

그건 어떤 집이나 마찬가지다. 아니면 법원에서 허락할 만한 사유가 있어야 하는데, 친자의 출생은 법원이 허락하는 파양의 사유가 아니다.

─이번 사건은 못 이깁니다.

"너…… 너……! 이길 수 있다면서!"

─그건 당신이 거짓말을 했으니까요.

유성악이 늘어놓는 온갖 거짓말을 믿고 의뢰를 받았다.

하지만 뚜껑을 열어 보니, 이건 누가 와도 못 이기는 사건이었다.

─아이가 파양 신청을 하기 전에는, 법적으로 두 분이 아이에 대한 지원을 해 줘야 합니다.

"이런 미친!"

─쉽지는 않을 겁니다.

"뭐라고?"

─양육비가 문제가 아닙니다. 문제는 정신적 치료비입니다.

"정신적 치료비?"

─제 경험상 그게 제일 비쌉니다.

양육비도 적게 들어가는 것은 아니다.

하지만 역시 돈이 가장 많이 들어가는 것은 정신적 치료다.

약을 먹고 치료할 수 있는 것도 아니고, 아이를 정신병원에 넣을 수 있는 것도 아니다.

결국 아동 심리 상담 치료를 해야 하는데…….

─그게 일주일에 한 번 만나고 150만 원쯤 합니다.

"뭐?"

─횟수에 따라 더 늘어날 겁니다. 워낙 충격이 크다 보니까.

일주일에 한 번 만나고 150만 원. 하지만 이런 경우 워낙 충격이 커서, 횟수는 더 많아질 수밖에 없다.

─이런 경우 보통 일주일에 세 번 만납니다.

"세 번!"

그러면 치료비만 450만 원이다.

한 달 월급이 아이 치료비로 다 나가는 거다.

그것도 양육비 빼고 말이다.

"이런…… 개…… 같은…….."

유성악은 그대로 주저앉았다.

⚖

"이거 예쁘다."

"사."

"비싼데?"

"괜찮아, 괜찮아. 아직 양육비 안 들어왔어."

노형진은 웃으면서 대놓고 '나는 명품입니다.'라고 티를
내고 있는 아동복을 들어 올렸다.

"그러니까 못 쓰는 거 아닌가요? 그리고 이 옷…… 아직
입으려면 멀었는데……."

가격을 보고 눈이 둥그레지는 원장을 향해 노형진은 씩 웃
어 주었다.

"그래서 지금 사는 겁니다."

"네?"

"양육비를 받기 시작하면 그때부터는 그 돈으로 아이한테
해 줘야 하거든요. 하지만 그 전에 쓴 건 소송 이전에 발생한
거니, 사후 청구를 해야 합니다."

"사후 청구?"

"네, 쉽게 말해서 영수증 처리죠."

아이에게 일단 돈을 쓰고 그 양육비를 청구하는 것도 불법
은 아니다.

물론 대부분의 경우 그러지 않는다.

그랬다가 상대방이 돈이 없어서 못 주는 수도 있으니까.

"너 엿 먹일 셈이구나."

"정답."

손채림의 말에 노형진은 한쪽 눈을 찡긋했다.

"하지만 너무 비싼데."

"너무 비싼 게 아닙니다. 사실 정상가죠."

"그거야…… 그렇지만……."

돈은 상대적인 거다.

보육원은 충분한 여건이 되는 곳이 아니다 보니 아이들에게 좋은 걸 해 주지 못한다.

"여기서 사는 건 딱 상식적으로 사 줄 수 있는 것 중에서 최대한 비싼 것일 뿐입니다."

"으음, 그런데 이렇게 많이 사도 될까요?"

"미리 사 놔야 받는 돈으로 제대로 키울 수 있으니까요."

아이가 살아가기 위해서는 돈이 필요하다. 그렇다고 아이가 돈을 벌기 위해 일할 수는 없는 노릇이고.

"여기에 있는 것들은 다 사후 청구 형식으로 청구할 테니 걱정하지 마세요."

노형진은 씩 웃으면서 옆에 있는 가방을 스윽 들었다.

"얼마 후면 초등학교 가야지요? 후후후."

"그거 엄청 비싼 건데."

그러면서 또 옷 한 벌을 들어 올리는 손채림.

"여자애는 좋은 옷 입어야지, 암."

"으으음……."

원장은 쌓여 가는 옷들과 물건들을 보면서 왠지 심장이 떨리는 것을 느꼈다.

⚖

유성악은 정신이 어찔어찔했다.

자신의 월급 명세서에 적혀 있는 숫자를 보니 숨이 턱턱 막혔던 것이다.

"150만 원이라니……."

터무니없이 줄어든 자신의 월급과 아내의 월급에서, 법적으로 보장받는 150만 원을 제외한 나머지는 모조리 법원에 의해 압류가 걸렸다.

그 내용이 월급 명세서에 떡하니 적혀 있었다.

"저희도 어쩔 수 없어요. 원하시면 아내분 월급 명세서도 드릴까요?"

시큰둥하게 말하는 직원.

고작 일개 직원이 부장한테 할 말이 아니었지만 그는 아주 대놓고 말했다.

사실상 유성악이 끝장났다는 것을 알고 있었기 때문이다.

'싯팔.'

그런 꼴을 당한 유성악은 이를 악물면서 집으로 왔다.

일단 서울로 다시 올라왔으니 자신의 집에서 좀 쉬면서 현 상황을 해결할 생각이었다.

그러나 집에 도착했을 때 그의 눈에 보인 것은, 허망한 표정의 아내와 집에 딱지를 붙이고 있는 낯선 사람들이었다.

"어어? 뭐야? 당신들 뭐야! 뭐냐고!"

"여보!"

"당신들 뭐야! 어디서 나왔어! 어!"

"법원에서 나왔습니다."

"법원에서 나오다니?"

하지만 대꾸하지 않는 직원들.

대답은 뒤쪽에서 들려왔다.

"일하는 압류관분들을 방해하지 마세요."

"너는⋯⋯."

등 뒤에서 나타난 노형진을 보고 유성악은 정신이 아찔했다. 보육원에서 그를 만난 후 그에 대해 충분히 알아봤다.

그리고 한 가지 사실을 알았다.

그는 악마였다.

자신의 적에게 자비가 없는 악마.

"너⋯⋯ 너, 뭐 하는 짓이야?"

"뭐 하는 짓이긴요. 소송하는 짓이지."

"소송하는 짓?"

"아이고, 이런. 못 받으셨나 보네. 무슨 소송이겠습니까? 손해배상 청구지."

"손해배상?"

"네."

"무슨 손해배상?"

"예인이에게 한 범죄행위에 대한 손해배상요."

유성악은 손이 달달 떨렸다.

그게 무슨 말이란 말인가?

"법에 대해 잘 모르시는 것 같으니까 설명해 드릴게요, 후후후."

손채림이 옆에서 등장하면서 마치 자비로운 척 이야기했다.

"일단 아이에게도 손해배상을 청구할 권한이 있답니다."

다만 그 법정대리인이 부모이고 가해자 역시 부모일 경우, 아이가 배상을 청구하지 않는 것이 보통이다.

하지만 지금 같은 경우는 상황이 좀 다르다.

"아이의 법정대리인이 다른 사람이니까요."

법정대리인의 목적은 아이를 위해 최대한의 이익을 보전하고 아이를 보호하는 것.

그 범죄 대상이 부모라고 해도 당연히 손해배상을 청구할 수 있는 권한이 있다.

"이런 미친…… 장난해! 이거 안 보여! 월급 다 털어 갔잖아! 깡그리!"

"일단 그건 양육비 가압류죠."

법률상 양육비는 법에서 정한 금액의 초과분에서만 가지고 갈 수 있다.

그게 150만 원이어서, 이 두 사람에게 150만 원이 지급된 것이다.

나머지는 금액이 확정되지 않았기 때문에 모조리 묶여 버린 상황.

"양육비는 당신들이 아이에게 부모로서 당연히 제공해야 하는 비용. 손해배상은 당신들이 아이에게 준 피해를 보상하기 위해 청구하는 거. 적용 법조가 전혀 다릅니다, 홋홋홋."

손채림의 아주 친절한 설명에 장서희는 털썩 자리에 주저앉았다. 자신이 아이 하나 때문에 이 꼴을 당한다는 게 이해가 가지 않았다.

"왜! 이러는 건데! 왜! 왜! 우리는 아이를 잘 키우고 싶었던 것뿐이야!"

노형진은 그녀를 내려다보면서 말했다.

"예인이도 당신 아이입니다."

"내 배로 낳은 자식도 아니잖아!"

"입양은 가슴으로 낳는 거라고 하죠."

엄마라고 생각해서 재롱을 떨고, 엄마에게 예쁨을 받기 위해 아이도 노력을 한다.

아이가 집안의 기쁨이 되는 것에는 다 이유가 있다.

그런데 이제 와서 필요 없다고, 마치 쓰레기 버리듯이 버리는 것은 용납할 수 없는 일.

"그런 경우 그에 대한 손해배상을 따로 청구할 수 있습니다."

물론 정신적 위자료는 상당히 깎일 것이다. 하지만 아이의 치료비를 내놔야 하니까 그 부분은 감안해 줄 것이다.

사실 손해배상을 청구한다고 해도 양육비를 주고 있기 때문에 그 비용은 많지 않을 가능성이 높다.

"제발…… 그만…… 제발 그만…… 흑흑흑……."

결국 유성악은 노형진에게 무릎을 꿇고 빌었다.

"내가 잘못했어……. 내가 잘못했으니까……. 내가 데려다가 잘 키울 테니까……."

"두 번의 기회는 없습니다."

자기 앞에서야 이렇게 이야기하지만, 다시 데리고 와 봤자 학대의 대상이 될 뿐이다.

"빌어서 될 거라면 이런 문제도 생기지 않았을 겁니다."

노형진은 몸을 수그리고 유성악을 똑바로 바라보았다.

"난 아직도 예인이의 그 목소리가 귀에서 울립니다. 버리지 말아 달라고, 데려가 달라고. 고작 여섯 살짜리가 아빠 엄마를 찾으면서 그렇게 빌었는데, 그 어린애가 차에 매달려서 그렇게 빌었는데, 당신들은 어떻게 했지요?"

"……."

"말 못 하겠지요. 당신들은 아이를 버리고 갔습니다. 그리고 지금까지 떵떵거리면서 잘 먹고 잘 살았겠지요. 당신들이 하하 호호 하면서 다른 아이의 재롱을 보고 있을 때 예인이는 밤마다 공포에 떨면서 아빠와 엄마를 찾고, 당신들이 잘 자라면서 잠자리에 들어갈 때 예인이는 밤마다 버리지 말아 달라며 꿈속에서 몸부림칩니다. 당신들은 그런 걸 모르겠지요."

노형진은 주저앉은 유성악의 어깨에 손을 올렸다.

"당신과 마찬가지로, 나도 당신에게 기회를 두 번은 주지 않겠습니다."

그리고 몸을 돌려서 나오는 노형진.

"가자."

손채림은 허망한 표정이 되어 버린 그들을 보면서 씩 웃었다.

"아이고, 속이 다 시원하네."

"속은 시원하지. 하지만 예인이 생각하면. 걱정이 앞선다."

아무리 돈을 쥐여 준다고 한들, 부모의 빈자리를 아이에게 어떻게 채워 줄 수 있겠는가?

"그건 진짜 가슴 아프네."

"그래."

노형진은 엘리베이터를 기다리면서 그들을 다시 한 번 돌아봤다.

"그들도 그 고통을 한번 겪어 봐야지. 버려진다는 고통이 어떤 건지 말이야."

⚖

"어쩌실 겁니까?"

노형진은 장서희를 바라보면서 물었다.

"뭘 더 바라요! 우리가 이렇게 철저하게 망가졌는데! 더 이상 떨어질 곳이 없을 데까지 떨어졌는데!"

장서희는 절망적으로 울면서 말했다.

회사에서도 사실상 업무는 불가능하다.

누구도 자기를 사람 취급해 주지 않는다.

직원이라고는 자신과 다른 한 명뿐이다.

그런데 그 사람은 출근을 하는 둥 마는 둥이다.

들어 보니 이 지역 유지의 딸이란다.

그러니 일을 할 생각도 없어 보인다.

즉, 그 직원의 자리는 이 지역과의 좋은 관계를 위해서 만들어진, 소위 말하는 월급을 주기 위해 만들어 낸 자리인 셈.

그에 반해 자신은 책임자다.

실적이 없으면 해직당할 수도 있는.

"그래서 당신과 협상하려는 겁니다."

"협상이라고요?"

"네. 솔직히 말해 보시죠. 예인이를 버리자는 이야기, 누가 먼저 꺼낸 겁니까?"

"그건……."

"남편인 유성악 씨가 꺼낸 거 아닙니까?"

"그건……."

장서희는 당황한 듯했다.

설마 그것까지 알고 있을 줄은 몰랐던 듯했다.

'행동을 보면 뻔하지.'

맨 처음 아이를 차에서 강제로 끌어내린 것도 유성악이고, 언성을 높이면서 싸운 것도 유성악이며, 장서희를 끌고 다닌 것도 유성악이다.

'지배자와 추종자의 관계.'

장서희는 추종자이고 유성악은 지배자다. 그리고 남자들 중에는 유전자에 유달리 집착하는 사람들이 종종 있다.

그에 반해 여자들은 마음이 약해서 독한 짓을 잘 못 하는 경우가 상대적으로 많고.

'뭐, 장서희도 충분히 독하기는 하지만.'

그래서 이런 작전을 짜는 것이다.

"당신에게 기회를 주는 겁니다."

"기회요? 나한테?"

"정확하게 말하면, 당신이 아니라 당신 아이 때문이죠."

이들은 나쁘다.

나쁘다 못해서 인간 취급도 하고 싶지 않다.

하지만, 이들은 나쁘지만 이들의 아이 역시 잘못은 없다.

"그래서 당신에게 기회를 주는 겁니다. 이혼하세요."

"이혼요?"

"네, 이혼. 이혼하시면 아이와 당신은 먹고살 수 있을 겁니다."

장서희는 반대하지도, 화내지도, 자리를 박차고 나가지도 않았다. 그저 입을 꾸욱 다물고 듣고 있기만 할 뿐이었다.

노형진은 그녀가 듣고 있다고 생각하고 계속 이야기했다.

"이혼하게 되면 일단 당신의 책임은 일부 경감될 겁니다."

"일부요?"

"네, 일부입니다. 당신이 하는 것에 따라서 말입니다."

그녀가 이혼하기 위해서는 당연히 남자 측의 과실을 주장해야 한다.

그건 노형진이 알 바 아니다.

'하지만 이미 그가 아이를 버리자고 먼저 말했다는 부분에서 상당한 과실이 발생하지.'

그 과실로 가지고 갈 수 있는 것은 돈뿐만이 아니다.

노형진이 요구하는 것은 다름 아닌 양육권이었다. 동생에 대한 양육권을 누가 가지고 가느냐가 관건이기 때문이다.

"그리고 이런 경우 양육권은 아마 당신에게 갈 겁니다."

이미 남편인 유성악은 아이를 버리자고 요구한 전적이 있다. 그러니 어지간하면 양육권은 장서희에게 갈 것이다.

"당신이 아이를 키우는 이상 그 아이에 대한 양육 문제가 있으니, 유성악이 예인이의 책임을 담당하는 구조가 나올 겁니다."

유성악이 돈도 더 많이 벌고 직급도 더 높으며 과실도 더 많으니까.

"그러면 나는 돈을 안 내도 되는 건가요?"

"그럴 리가요. 제가 그렇게 둘 것 같습니까?"

그럴 거였다면 노형진이 이런 말을 하지도 않았다.

"다만 조금 낼 수는 있지요."

아마 예인이의 동생 예성이를 키워야 하는 부분을 감안하여, 확실히 상당 부분 감액될 것이다.

"그리고 그만큼 남편에게 부담을 요구하게 될 겁니다."

장서희는 입술을 깨물었다.

돈이라는 건 애매하다. 아이가 쓰는 돈이라고 주장하면서도 자신도 쓸 수 있는 돈이 있다.

즉, 아이에 대한 책임을 남편에게 미루면 자신의 삶이 편해진다는 거다.

"물론 안 하셔도 됩니다. 남편과 함께 살면서 매달 600만 원에 달하는 돈을 내시면 되는 거죠."

노형진은 히죽 웃으며 말했다.

얼마 전 법원에서 확정되었다.

치료비 450만 원과 양육비 150만 원.

그나마 양육비는 아이가 어려서 적게 나온 거다.

아이가 더 크면 그만큼 더 올려 줘야 한다.

클수록 더 많은 돈이 들어갈 테니까.

"잔인하군요."

"뭐가 말씀이지요?"

"우리의 가정을 그렇게 무참하게 박살을 내고는, 또다시 이혼하라고 하다니."

노형진은 코웃음을 쳤다.

"이 부분은 확실하게 하죠. 전 당신들의 가정을 깬 적이 없습니다."

"그럼 당신이 지금까지 한 일은 뭐죠?"

"가정을 깬 건 제가 아니라 당신들입니다. 당신들은 여전히 예인이가 당신들 가족이 아니라고 생각하나 보군요."

"……."

"뭐, 마음대로 생각하세요. 저는 당신들이 무슨 생각을 하든 상관없습니다."

돈만 제대로 받아 낼 수 있다면, 그래서 예인이가 제대로 자랄 수 있다면, 그들이 무슨 생각을 하고 살든 그와는 관련이 없다.

"그나마 동생이 있으니까 당신에게 기회를 드리는 겁니다."

그게 아니라면 이들이 뭐라고 하든 노형진은 신경도 쓰지 않았을 것이다.

"선택을 하세요."

노형진의 말에 장서희는 고개를 푹 숙였다.

⚖️

"유성악 과장 말이야."

"응?"

"행패 부리다가 경찰에 끌려갔다는데?"

상당한 시간이 지난 어느 날, 노형진은 오랜만에 유성악에 대한 소식을 들을 수 있었다.

"그래?"

"그래. 현장에서 술 마시고 행패 부리다가 경찰에 끌려간 모양이야. 도대체가, 그럴 거면 회사를 그만두지, 병신 같은 게."

"병신이라서 그만두지 못하는 거야."

노형진은 시큰둥하게 말했다.

"그나마 이혼당한 후에 혼자 사는 삶이야. 만일 새론에서 지원해 주는 월급이 없다면, 아마 누구도 만날 수가 없겠지."

노형진의 말대로 장서희는 이혼소송을 걸었다.

아무리 생각해도 엄마로서의 그녀는 결국 아이를 선택할 수밖에 없었기 때문이다.

"그래서 결국 동생이 엄마 쪽으로 갔고, 그 덕분에 엄마는 책임을 상당히 면하기는 했지."

물론 완전히 면한 것은 아니지만 말이다.

가족들에게 버림받고 매달 어마어마한 돈을 내야 하는 유성악이다. 그러니 버틸 수 있을 리가 없다.

하나 그렇다고 돈을 안 줄 수도 없다.

대룡에서 미리 공제하고 월급을 줘 버리니까.

결과적으로 유성악에게 남은 것은 아무것도 없었다.

"그나저나 유성악은 그곳에서 나름 적응한 모양이네? 소금 자루 짊어지고 가야 한다고 하니까 기겁하더니."

"내야 할 돈은 많은데 줄 돈이 없으니 그럴 수밖에."

다른 곳에 가면 그 돈이 안 나온다. 그러니 아무리 미래가 없는 자리에 있다고 하더라도, 그만둘 수는 없다.

그만큼 월급 나오는 자리가 없으니.

"그만두고 싶지만 결국 그런 거지, 삶에 찌들린."

"그건 장서희도 마찬가지야."

그만두고 싶어도 더 이상 물러날 데도 없으니, 결국 몸부림치면서 살아가려고 발악하는 수밖에 없었다.

"이제 끝난 건가?"

"아니, 아직은 아니야."

"뭐? 또 뭐가 있어?"

"전에 말했잖아, 이런 건 부모가 똑바로 가르치지 않아서 벌어지는 일이라고. 그러니 그 책임을 물어야지."

"책임? 부모라고 한다면…… 설마 조부와 조모?"

"정답."

"그들도 소송을 하려고?"

"아니."

노형진은 씩 웃었다.

"지금은 아니야."

"지금은 아니다?"

"그들이 죽은 후, 재산상속의 대상이 되잖아."

"재산상속?"

"그래, 유류분 말이지."

그들은 예인이에게 돈을 주지 않으려고 했다.

하지만 사람의 수명에는 한계가 있다.

"아마 예인이의 할아버지와 할머니는 조만간 죽겠지."

"그런데?"

"조모와 조부가 죽고 나면 그 재산은 두 놈이 상속하잖아? 그럼 그들은 그걸 감춰 뒀다가 친자에게 주고 싶어 하겠지. 그러니까 그때 빼돌리지 못하게 조모와 조부의 재산도 확인해 둘 필요가 있어. 그러면 예인이가 어른이 되어서 자신을 지킬 수 있을 거야."

그리고 그때가 진짜 모든 싸움이 끝나는 순간이 될 것이다.

"지겨운 싸움이다."

"그리고 더러운 싸움이고."

노형진은 안타깝다는 듯 말했다.

"모든 부모가 같은 마음이면 참 좋은데."

하지만 그럴 수 없는 지금의 현실이 왠지 가슴을 미어지게 만들었다.

문화 전쟁

안당은 곰방대를 뻑뻑 피우고 있었다.

"담배 좀 줄이세요, 연세도 있으신데."

노형진은 걱정스럽게 말했다.

안당은 그런 노형진을 힐끗 보더니 담배를 더 깊숙이 빨아 들이며 말했다.

"전에도 그렇게 말한 의사들이 있었지."

"그런데요?"

"죄다 나보다 먼저 죽었어."

그렇게 말하면서 다시 한 모금 쭈욱 빨아들이는 안당.

그걸 보면서 노형진은 입맛을 다셨다.

'뭐, 자기가 좋으시다는데야.'

더군다나 담배와 술같이 안 좋은 걸 다 하면서도 100세까지 끄떡없이 사는 사람들도 있다.

"그나저나 저한테 부탁할 게 있다고 하지 않으셨습니까?"

안당은 노형진을 도와주는 조건으로 사건 하나를 의뢰하겠다고 했다.

노형진은 승낙했고.

"어지간하면 요즘은 저한테 안 맡기시잖아요?"

손예은이 안당과 함께 일하게 된 후 대부분의 사건은 손예은 변호사가 해결한다. 원래 능력도 있는 데다가 노형진에게 잘 배운 사람 중 한 명이어서, 어지간한 일은 그녀의 선에서 해결할 수 있으니까.

"물론 어지간하면 그 애가 잘하겠지. 그런데 아직 그 애는 새끼 고양이란 말이지."

"새끼 고양이요?"

"앙칼진 척하지만 귀엽기만 하잖아."

"크흡흡……."

"왜 웃어?"

"아니요. 그냥…… 잘 어울리는 것 같아서요."

강한 척은 하지만 속은 무척이나 약한 게 손예은 변호사다. 그러니 안당 마님의 그 지적이 틀린 것은 아니다.

"하지만 그런 거 봐주면서 맡기실 분은 아니지 않습니까?"

"그건 그렇지. 하지만 말이야, 그래도 그 아이 손을 거치면 안 되는 사건도 있어.”

“어떤 사건요?”

“칼질은 그 애 손으로 하면 안 되는 거야.”

“칼질? 설마 조폭이라도 동원하시려고 하는 겁니까?”

안당은 다시 곰방대를 빨고는 ‘후우.’ 하고 연기를 내뿜었다.

“이봐, 노 변호사.”

“네, 어르신.”

“제왕은 자리를 넘겨줄 때 뭘 하는지 아나?”

“그거야……..”

노형진은 잠깐 침묵을 지키다가 고개를 끄덕거렸다.

손예은이 할 수 없는 일.

그게 뭔지 알아차린 것이다.

“정리를 하려고 하시는군요.”

“역시 노 변호사는 눈치가 빨라. 내가 척 하면 착이라니까.”

다시 곰방대를 쭈욱 빨아들이는 안당.

그리고 연기를 내뿜으면서 깊은 한숨을 내쉬었다.

“내가 이 자리에 오른 지도 벌써 수십 년이야. 그동안 많은 사람들이 날 도와주고 또 날 믿고 의지했지.”

“하지만 그걸 계승하는 건 또 다른 문제죠.”

제왕이 자리를 넘길 때 해야 하는 일은, 다름 아닌 아군에 대한 청소다.

배신자가 아니라, 배신자가 될 수 있는 사람을 정리하는 것.

그게 그가 해야 하는 일이다.

'원래 그런 거지.'

현왕의 충신이라고 그 후계자에게도 충신일 거라는 보장은 없고, 공신이라고 해도 그 공을 무기 삼아 후계자에게 앞서려고 하는 사람도 있기 마련이다.

그리고 오래 일한 사람일수록 사람들은 그를 믿고 따른다.

심지어 권력을 무시할 수 있을 정도로.

"예로부터 공신이 반역자가 되는 건 순식간이었지."

자신이 가질 수 있다고 생각했던 자리.

그 자리를 빼앗기거나 자신보다 훨씬 어리고 실적도 없는 후계자가 나타나면, 충신은 자신을 믿는 사람들을 이끌고 반기를 든다.

자신도 왕이 될 수 있을 거라 생각하며.

"그래서 손예은 씨가 할 수 없는 거군요."

"그래."

손예은은 사실상 내부자가 된 상황이다.

그녀가 손을 써서 누군가를 밀어낸다면, 굴러온 돌이 박혀 있는 돌을 빼내는 셈이니 내부에 반발이 일어날 수밖에 없다.

거기에다 그런 행동을 하면 정당성이나 정통성 문제도 발생한다.

오죽하면 조선 초기 가장 큰 골칫덩어리들은 개국공신이라고 했겠는가?

"그러니 내가 그 전에 정리해야지."

탕탕하고 재떨이에 담뱃대를 두들기는 안당.

"누굽니까? 그런 사람이 있나요?"

주변에 있던 대부분의 사람들은 안당을 죽이려다가 도리어 함정에 빠져서 감옥으로 가 버렸다.

그런데 그런 안당을 지키면서 자리를 차지한 사람이 있을 줄이야.

"공지선이라고 하는 사람이야. 나랑 일한 지 한 20년쯤 되어 가지. 나 대신 여러 가지 일을 해 줬고, 실질적인 업무도 많이 해 줬지. 능력 있는 여자야."

"공지선이라······. 왜 그녀가 안당 마님과 같이 일하게 된 거죠?"

"뭐, 과거야 이 바닥에서는 묻는 게 아니니 나도 모르지."

아마 정말 모르지는 않을 것이다. 아무것도 모르는 대상을 중히 쓸 만큼 안당 마님이 바보는 아니니까.

그저 그걸 말하지 못하거나 말할 이유를 못 느낄 가능성이 높다.

"그런데 그녀가 뭐가 문제인가요? 진짜로 능력이 있는 사람이라면 그 사람이 후계자로 더 맞지 않습니까?"

"공지선은 능력이 있어. 하지만 그건 어디까지나 바닥에서 일하는 사람으로서야. 위에서 멀리는 못 봐. 노가다 십장이 어느 날 갑자기 공사장 현장 관리자가 되면 잘할 것 같나?"

"아니요."

현장에서 일하는 것과 위에서 일하는 것은 전혀 다르다.

물론 아래에 대해 전혀 몰라도 멍청이지만, 아래만 생각하고 위쪽의 문제는 생각도 안 하면 그것도 문제다.

"공지선은 시키는 일은 잘해. 하지만 그건 큰 그림을 그리는 것보다는, 그냥 눈앞에 있는 돈을 따라다니는 거지."

"아아아."

장사꾼과 사업가의 차이라고 해야 할까?

사업가는 먼 미래의 수익을 예상하고 그걸 추구하면서 그 도구로 작은 돈을 버는 데 신경 쓴다.

그에 반해 장사꾼은 눈앞에 있는 돈에 매달려서 그 때문에 먼 미래의 수익을 포기한다.

일단은 안 보이니까.

"그래서 내가 그녀를 이 자리에 둘 수가 없는 거지."

"이해가 갑니다."

안당의 자리는 단순히 돈을 추구하는 자리가 아니다. 어둠의 정보를 통제하고 그 힘으로 어둠의 세계를 지키는 자리이기도 하다.

만일 그녀가 돈 때문에 거기서 나오는 정보를 사방팔방에 팔아 버렸다면 아마 쥐도 새도 모르게 죽었을 것이다.

"그런 사람이라면 확실히 문제죠."

후계자는 단순히 자리의 문제가 아니다.

누가 이어 가느냐에 따라 그 아래에 있는 사람들의 인생도 뒤틀릴 수 있는 사항이다.

"그래서 후계자 후보에서 빼 두셨군요. 그런데 왜 갑자기 그녀를 처리하기로 하신 겁니까?"

"뒤에서 장난치는 것 같단 말이지."

"장난이라고 하신다면?"

"새로운 투자자들을 소개시켜 준다고 꼬시면서 가게들을 포섭하더군."

"새로운 투자자라……."

노형진은 눈을 찌푸렸다.

한국에서 돈을 가진 사람들은 대부분 안당 마님과 관련이 있다. 그렇다면 그 돈은 한국이 아닌 다른 곳에서 들어온다는 건데.

"어디인가요?"

"일본."

"일본을 의심하는 건가요?"

"의심하는 게 아니라, 일본 맞아."

길게 담배 연기를 내뿜는 안당 마님.

그녀의 능력이라면 돈이 어디서 오는 건지 알아내는 것은 어렵지 않을 것이다.

"문제는 투자를 받는 것 말고는 딱히 아무것도 하지 않는다는 거야."

"음…… 그러면 문제 될 게 없지 않습니까? 사실 해외에서 투자를 하는 거야 흔한 일이니, 그걸 모두 매국 행위로 치부할 수는 없지요. 뭐, 애국자들이야 발끈하겠지만, 돈에는 국적이 없습니다."

"참 변호사다운 말만 하는군. 그래, 그것뿐이라면 문제가 안 되지. 그래서 내가 놔둔 거고."

"그런데요?"

"그런데 한류관을 노리는 것 같더군."

"한류관요?"

한류관은 다안기생문화연구원에서 만든 술집이다.

기본적으로 기생은 술을 마시면서 풍류를 즐기는 문화의 일부이기 때문에, 그들이 활동할 수 있는 공간이 없으면 존재의 의미가 없다.

그래서 안당은 그들이 일할 수 있는 술집을 만들었다.

그게 바로 한류관이다.

물론 술집이라고 해도 기존 술집과는 다르다.

여자가 접대하는 것보다는, 그곳에서 술을 즐기며 문화 행사를 관람하는 것이 주된 목적이다.

"그래. 공지선은 기생 문화에 대해 상당히 부정적으로 봤거든."

"부정적으로요?"

"그래, 그녀는 기생 문화가 일본의 게이샤를 따라 하는 거

라고 주장했지. 그래서 나랑 대판 싸웠고, 그 일로 틀어지기
시작했어."

"얼씨구?"

"게이샤의 역사는 난 잘 몰라. 하지만 기생의 역사는 잘
알지. 그런데 공지선은 게이샤를 따라 하는 행위를 그만두라
고 하더군."

"설득은 하셨습니까?"

"먹혔으면 내가 이렇게까지는 하지 않지."

"흠……."

사람들은 기생 문화라고 하면 무슨 술집 작부 취급하지만,
사실 엄밀하게 말하면 기생은 조선 시대의 기예인이다.

물론 관계를 아예 안 하는 건 아니지만, 그건 어디까지 최
하급으로 분류되는 삼패 기생이었다.

상등급인 일패와 이패는 몸을 팔기는커녕 남편을 따로 가
지는 경우도 많았다.

심지어 조선 시대에는 기생의 윤락행위를 법으로 금지하
기도 했고 말이다.

"웃기지만, 그 시대에 가장 잘 배운 여자들이 기생이었지."

"틀린 말은 아니네요."

사대부를 만나서 대화하려면 그 수준이 낮아서는 안 되니까.

지금도 마찬가지다.

최고급 술집으로 취급받는 요정의 경우, 어지간한 대기업

은 쉽게 들어갈 정도의 스펙을 가지고 있지 않으면 이력서도 내지 못한다.

"그런데 그걸 게이샤를 따라 하는 거라고 대들더군."

"어이가 없군요."

"그래."

뻑뻑거리면서 담배를 당기는 안당 마님.

"하여간 그래서 나한테 반기를 들었는데, 문제는 그 세력이 작은 게 아니란 말이지."

하긴, 그녀가 데려온 투자자들이 투자한 돈이 있을 테니 안당으로서도 무시할 수준은 아닐 것이다.

"도대체 왜 그러는지 모르겠어. 그동안은 그런 모습을 보이지 않았는데 말이지."

"어쩌면 일본에서 요구한 걸 수도 있습니다."

"일본이? 왜?"

"그 애들이 문화적인 수치나 감추고 싶은 게 있을 때 쓰는 방법이 바로 돈으로 쥐고 흔드는 겁니다."

"뭐라?"

"아마 잘 모르시겠지요."

국제적인 문제니까.

"일본 애들 그거 아예 상습입니다."

일본의 종군 성노예 사건을 전 세계에서 제대로 규탄하지 못하는 가장 큰 이유가 바로 그것이다. 조금만 자기네들 마음에 안 들면 지원을 끊는다거나 경제적으로 압박을 하는 식으로 그에 대해 언급하지 못하게 하기 때문이다.

"한국도 마찬가지지요."

한국의 대부분의 이런 전쟁범죄 단체는 민간에서 운영한다. 정부에서 운영하려고 해도, 일본에서 돈을 가지고 협박하기 때문이다.

일본이 가진 한국의 채권은 적지 않으니까.

"그랬나?"

"네, 심지어 유엔의 지원금을 끊겠다고 협박한 적도 있습니다."

"허."

"그런 상황에서 한국의 기생 문화는 자존심이 상하겠지요."

"아니, 그놈들은 그놈들이고 우리는 우리지, 뭐가 자존심이 상해?"

"사실 그 공지선이 주장하는 창녀의 이미지가 강한 것은 일본의 게이샤거든요. 뭐, 그런 이미지가 없었던 건 아니죠."

"뭐?"

"사실 게이샤와 기생은 비슷합니다. 예능인이죠."

정확하게는 에도시대 이전에는 그들도 예능인으로 취급받았다. 그래서 에도시대에는 마치 조선 시대처럼 게이샤의 성매매를 법적으로 엄격하게 금하기도 했다.

그런데 어느 순간 일부가 성매매를 하고 또 게이샤도 아닌

이들이 게이샤를 흉내 내면서 사칭하기 시작하자, 기예인으로서의 이미지가 무척이나 약해졌다.

"그에 반해 한국은 일제강점기 전까지만 해도 기예인으로서 살아남았습니다. 성매매를 하는 쪽을 아예 다른 부류로 분류해 버렸거든요."

그러나 일제강점기 당시 일본에서 유행하던 유곽이라 불리던 성매매 집결지 문화를 한국에 강요했다.

"그때부터 기생이라는 이미지가 망가졌죠. 엄밀하게 말하면 일본이 기생을 없앴지요. 1942년이었나요?"

"그건 그렇지. 맞아, 그때 권번을 강제로 없앴지."

안당도 그건 안다는 듯 고개를 끄덕거렸다.

그게 기생의 끝이었다.

일부 그곳 출신이 있기는 했지만, 후대를 키울 곳이 없으니 당연히 그 역사가 끊어질 수밖에.

그리고 후대가 없으니 일본이 거기에다가 말도 안 되는 이미지를 덧칠해도 막을 사람도 없었고 말이다.

"잘 아는구먼."

"저도 일단 한류관의 투자자 아닙니까?"

"난 일본은 몰랐는데."

"뭐, 어쩌다 보니까요, 하하하."

물론 게이샤 중에도 여전히 기예인으로 남아 있는 사람이 존재했지만, 그 숫자는 많지 않았다.

그에 반해 한국은 6.25 이전까지만 해도 권번이라고 하는 기생 집단에서 학교를 운영하면 엄격하게 기생을 길러 냈다.

전쟁이 모든 것을 앗아 가 버렸지만 말이다.

"그런데 그거랑 우리랑 무슨 관계야?"

"사실 일본이 게이샤를 띄우기 위해 노력을 많이 했거든요."

닌자라는 존재가 일본의 문화 작업 때문에 무슨 초능력자 취급을 받지만, 현실에서 닌자는 그냥 스파이나 잡상인처럼 다니면서 정보를 모으는 수준이었다.

아무리 잘 봐줘도 암살자 이상의 능력은 없었다.

"마찬가지지요. 일본은 게이샤라는 문화를 띄우기 위해 상당 기간 노력했습니다. 그런데 뜬금없이 바로 옆에 라이벌이 생긴 거죠. 그것도 강력한 라이벌이."

거기에다가 이 라이벌은 전통적으로도 더 강력하다.

일본의 게이샤가 만들어진 이미지라면, 한국의 기생은 역사적으로 기록이 남아 있는 존재들이다.

"그 애들은 우리랑 좀 다르잖아? 그 허연 분칠도 하고."

"그 애들은 정식 게이샤가 아닙니다. 마이코라고 하는, 배우는 중인 학생이죠. 진짜 게이샤는 그렇게 화장하지 않습니다."

"그런가?"

"일반적인 게이샤는 사실 한국 기생하고 비슷합니다."

딱히 화장을 그렇게 하얀색으로 하지 않고, 준수한 수준으로만 참석하거나 해도 하등 문제가 되지 않는다.

"사실 가까이에 있으니 비슷한 문화가 생길 수도 있습니다. 그건 어쩔 수 없지요."

그건 어쩔 수 없는 일이다.

그리고 옆 나라와 비슷한 문화를 가진 나라가 한두 곳도 아니고.

"문제는, 일본은 게이샤라는 문화를 키우고 자기들 거라고 주장하고 있었는데 안당 마님이 기생 문화를 키우겠다고 나선 겁니다. 그들 입장에서는 이쪽이 오리지널이라며 덤빈 거랑 비슷한 셈입니다. 한국으로 치자면, 일본이 불고기는 우리 거라고 주장하는 거랑 같은 거죠."

"허어, 웃기는군."

물론 어느 쪽이 오리지널이냐의 문제는 아니다.

어차피 불고기는 불고기고 일본의 야키니쿠는 야키니쿠다. 전혀 다른 음식이다.

"그런데 왜 우리를 못 잡아먹어서 안달인데?"

"관광 상품으로 뭐가 더 좋을까요?"

돈과 더불어 자국의 이미지가 관련된 문제다.

그러니 일본으로서는 발끈할 수밖에 없다.

"현재 일본의 게이샤라는 문화는 오리엔탈 문화의 극치라고 한다지요?"

신비한 동양적 이미지의 여성.

그들이 시중을 들어 주는 문화.

그걸 일본이 독점하고 있는 것은 사실이다.

"라이벌이라……."

"아마 그 시장이 얼마나 큰지 안다면 놀라실걸요. 문제는 그게 가짜라는 거죠."

"뭐야? 가짜?"

"네, 사실 일본의 게이샤도 무척이나 까다로운 조건으로 양성해 냅니다. 권번이 기생을 키웠던 것처럼요."

그래서 일본에 그런 하얀 분칠을 하고 시중을 드는 사람들은 많지만, 대부분은 가짜다.

진짜 게이샤로서 인정받은 사람들은 고작 2천 명 내외뿐.

"그들은 보통 일본에서도 하나마치라고 불리는, 자기들만의 공동체에서 생활합니다. 그래서 보는 게 쉽지 않습니다. 따라서 보통 게이샤라고 하는 사람들은 대부분 연극배우거나 사칭이라고 할 수 있죠."

즉, 오리지널을 만나는 것은 쉽지 않다는 것이다.

특히나 세계화된 지금도, 일본의 게이샤는 외국인에 대한 접대를 선호하는 편이 아니다.

"게이샤라는 이미지가 하얀 분칠이 된 것도 그런 이유 때문이지요."

게이샤를 키우는 시스템은 한국의 연예 기획사와 비슷하다.

한 명의 소녀가 게이샤가 되겠다고 나서면, 그 돈은 오키야라는 곳에서 지원한다.

한국으로 치면 연예 기획사다.

물론 정확하게 말하면 술집이기는 하지만 말이다.

그곳에서 훈련을 받고 게이샤가 되면, 자신이 원하지 않는 자리에는 나가지 않아도 된다.

하지만 무명이나 마찬가지인 마이코들은 오키야라고 불리는 투자자들에게 신세를 지는 셈이기 때문에 가지 않을 수가 없다.

아이돌이나 가수들도 무명일 때는 온갖 행사에 다 나갈 수밖에 없는 것과 같다.

"그래서 하얀 분칠을 한 마이코들이 게이샤의 이미지가 되어 버린 겁니다. 게이샤들은 예능인으로서 자존심이 어마어마합니다. 러시아 총리가 부른 자리도 거절하는 게 그들입니다."

"허어."

"애초에 문화 자체가, 처음 보는 손님은 안 보는 거라고 하니까요."

물론 얼굴도 안 본다는 뜻이 아니다.

수차례 찾아가서 통성명을 하고 대화를 하고 나서야 손님으로 인정한다는 뜻이다.

그들의 기예인으로서의 자존심이라고 할 수 있다.

러시아 총리를 거절한 이유가 그거다.

본 적이 없는 손님이니까 안 받겠다는.

"그에 반해 안당 마님이 추구하는 기생은 좀 더 현대적이지요. 과거의 기생과 많이 다릅니다. 그건 인정하시죠?"

외국인이라고 해서 안 만나는 것도 아니고, 첫 손님이라고 해서 거절하는 것도 아니다.

물론 그 안에서 예는 지켜야 하겠지만.

거기에다 외국인과 대화할 수 있도록 영어까지 마스터해야 한다.

"파급력이 어느 쪽이 더 강하겠습니까?"

시대에 적응하지 못한 게이샤와, 시대에 적응한 기생.

그중에서 외부에 드러났을 때 돈이 되는 것은 기생이다.

게이샤는 환상일 뿐이지만 기생은 현실이다.

"그러니 라이벌로 대할 수밖에요."

"별 시답잖은 짓거리를 다 하는군."

"그게 문화 전쟁이라는 겁니다."

'그리고 보면 회귀 전에는 기생이라는 것이 없었지.'

그 전에 안당이 죽었으니까.

애초에 자신이 죽는 그 순간까지 기생이라는 것에 대해 들어 본 적이 없다.

물론 최고급 요정이 있기는 하지만, 그건 어디까지나 요정.

"한류관 쪽에 계속 투자해 준다고 하면서 거기서 일하는 애들을 빼내려고 하는 모양이야."

"그리고 최종적으로 다른 술집과 똑같이 만드는 게 목적이군요."

"그래, 그런 것 같아."

한류관은 여러모로 중요한 시설이다.

사실 한국에 관광을 오는 사람들은 많지만, 정작 진짜 한국 문화인 창이나 춤 같은 것을 볼 수 있는 곳은 그리 많지 않다.

각 나라마다 자기 나라의 문화를 공연하는 것을 생각하면 어이가 없는 일이다.

"한류관은 한국 문화를 상시 공연하는, 사실상 유일한 곳이지."

창을 하고 사물놀이를 하고 부채춤을 추는 그런 곳.

거기에다 술집이 아니라 문화시설로 분류되는 곳인지라 한국인들도 제법 많이 간다.

지금에 와서는 예약을 잡는 것도 힘들 지경이다.

"나도 어지간하면 같이 지낸 세월이 있어서 이렇게까지는 하지 않으려고 했는데……."

딱히 자신을 적대한 것은 아니다.

이념이 다른 것일 뿐.

하지만 자신의 숙원 사업을 무시하고 방해하겠다고 덤비는데, 천하의 안당이 그냥 넘어갈 리 없다.

"하지만 그걸 해 줄 사람이 없다 이거군요."

"있기는 하지."

그러면서 노형진을 물끄러미 바라보는 안당.

노형진은 입맛을 다셨다.

"하여간 쉬운 일은 절대 안 맡기시네요."

"쉬운 일을 맡기려면 네놈을 왜 부르겠어?"

"틀린 말은 아닙니다."

노형진은 한숨을 쉬면서 고개를 끄덕거렸다.

"선금을 받았으니 아무래도 이번 일은 제가 하기는 해야겠네요."

⚖️

"그건 아무리 봐도 변호사랑 상관없는 것 같은데?"

손채림은 어리둥절한 표정이 되었다.

뜬금없이 안당이 맡긴 일이, 공지선을 몰락시키고 자신이 하고 있는 사업을 보호하는 것이었기 때문이다.

"변호사의 업무가 어디까지인지 참 애매하기는 하니까."

"애매하다?"

"법적으로 변호사는 의뢰인의 법률적 대리를 대부분 할 수 있어."

물론 진짜 사람 목숨이 걸려 있는 건 못 하지만 말이다.

"그러니까 이것도 법률적 대리를 할 수 있지."

"하지만 이건 CEO가 할 일이잖아?"

"CEO가 안당 마님이잖아. 그녀가 정식으로 의뢰하면, 그건 어떻게 해야 할까?"

"우움…….."

손채림은 약간 표정을 꾸기고 생각하다가 한숨을 푹 쉬었다.

"일단 일이기는 하네."

"그래. 다만 전문가냐 아니냐는 거지."

변호사가 광고를 만들 수는 없지만, 광고 회사와 계약을 주선할 수는 있는 것과 같다.

"아니, 그러면 어쩌라는 거야? 그 여자도 힘이 좀 있다면서? 거기에다 일본에서 자금을 투입해서 그 여자를 밀어줄 정도면 만만한 게 아닌데?"

"그러니 좀 걱정이야."

처음부터 그 여자가 그랬던 것은 아니리라.

그런 인간이었다면 아마 안당이 함께 일하지도 않았을 것이다.

"하지만 일본에 약점을 잡혀서 그렇게 행동할 수밖에 없겠지."

"약점?"

"일단 그녀가 들여온 돈이 일본 돈이라잖아. 그걸 다시 찾아가겠다고 하면 어쩌겠어?"

"아하!"

그러면 그녀는 사실상 파멸한다. 까딱 잘못하면 그 돈이 들어간 술집들은 망할 테고 말이다.

"그러니 그녀 입장에서는 그들의 말대로 하는 수밖에 없는 거지. 그거야말로 일본 주특기잖아."

"그러면 설득해서, 이쪽에서 지원하는 쪽으로 할 수 있지 않을까?"

손채림은 몰라도 노형진이라면 충분히 지원이 가능하다.

일본이 빼 간 금액을 충분히 보충하고도 남는다.

"그럴 생각 없어."

"어째서?"

"공지선이 빠진다고 해서 일본이 포기할까? 그들에게 있어서 게이샤라는 문화는 일종의 자랑이야. 옛날부터 우리는 문화를 이렇게 사랑했다는."

"얼씨구, 문화를 사랑한 게 아니라 문화 박살에 일가견이 있는 거겠지."

남의 나라에 침략해서 문화를 박살 내던 그들이 하기에는 웃긴 말이다.

"아니, 최소한 자기 문화는 아낄 줄 알지."

한국의 대부분의 문화인들에 대한 대우를 생각하고는 노형진은 쓸쓸하게 말했다.

"중요한 것은, 그런 인간들이 공지선이 사라진다고 해서 공격을 멈추겠느냐는 거야."

"응?"

"그 애들이 말도 안 되는 주장 하는 거, 하루 이틀 일이 아니잖아."

"다른 방식을 쓸 거라는 거야?"

"그러겠지. 게이샤라는 것은 서양에서는 오리엔탈 문화의 신비 같은 것으로 표현되는 모양이니까."

"그게 무슨 의미가 있다고?"

"문화 승리라는 게 그런 거야. 게임에서 그게 괜히 드러나는 줄 알아?"

그 문화가 한 나라에 더 깊숙이 침투할수록, 그걸 보고 자라난 세대는 더더욱 그 나라를 친숙하게 느끼고 우호적으로 대한다.

소위 말하는 친일파니 친중파니 하는 것들이 되는 것이다.

"닌자 문화는 뭐 돈이 되나?"

"하긴, 그런가?"

"그래."

닌자 문화는 나름 유명하기는 하지만, 그 문화 자체로만 본다면 의미가 없다.

돈을 받을 수 있는 저작권이 있는 것도 아니고, 한조같이 유명한 사람의 가문에 사용료를 내야 하는 것도 아니다.

"하지만 닌자 문화로 대표되는 일본의 문화가, 다른 나라의 사람들에게 영향을 미치는 거지."

그리고 장기적으로 문화를 집어삼키게 되는 것이고 말이다.

"그런 거 보면 일본 애들은 좀 소름 끼친다."

"어떤 면에서?"

"우리보다 훨씬 더 미래를 보잖아."

"뭐, 그건 그래."

한국에서도 한류가 유행한다며 신나게 외친다.

일부는 진짜라고 하고, 일부는 오버라고 하며, 일부는 국뽕이라고 한다.

"하지만 누구도 그게 미래에 어떤 영향을 줄지에 대해서는 이야기하지 않지."

노형진은 어깨를 으쓱하며 말했다.

문화 전쟁이라면 어려운 싸움이 될 수밖에 없는 구조다.

"그러면 어쩌지? 우리가 가서 일본에 하지 말라고 해야 하나?"

"거기서 들어 처먹겠냐? 이런 일에 대해 말하는 주체가 확실한 것도 아닌데."

"음……."

"우리가 제대로 막으려면 결국은……."

노형진은 턱을 스윽 문질렀다.

"일단은 공지선을 막아야지."

그녀는 일단, 자의든 타의든 일본의 문화 침략의 첨병이다. 그 첨병이 쓰러져야 이쪽 움직임을 일본 쪽에 보내지 않는다.

"일단은 설득을 한번 해 보고 말이지."

노형진은 그 말을 하면서 입맛을 다셨다.

"그게 말이 됩니까? 기생은 창녀일 뿐이에요."

노형진의 말에 대놓고 눈을 찌푸리면서 대꾸하는 공지선.

노형진은 일단 그녀를 설득했다.

"창녀가 아닙니다. 역사적 기록을 보시면, 그들은 기예인 입니다."

"잘해 봐야 광대네요."

"광대가 아닙니다. 위대한 작곡가들이 귀족들을 위한 클래식을 만들었다고 해서 광대라고 할 수는 없지 않습니까?"

"거기는 서양이고."

"'서양이고'가 아니라, 똑같은 겁니다. 지금도 마찬가지지만, 이런 존재들은 어느 정도 수준이 있지 않으면 손님들의 니즈를 맞춰 줄 수가 없습니다."

"그러니까 창녀 맞잖아요. 남자들은 여자들 얼굴 예쁘고 몸매 좋으면 다 좋아한다고요. 그게 끝인데 뭐 어쩌라고. 벗으면 더 좋고."

이죽거리면서 말하는 공지선.

그걸 보고 손채림은 어이가 없었다.

"아니, 당신 같은 인간이 어떻게 안당 마님 아래서 일한 거지?"

"이 바닥에 나같이 똑똑한 사람이 없으니까."

아주 자신 있게 말하는 그녀를 보면서 노형진은 한숨을 쉬었다.

'똑똑하기는 한 것 같은데.'

하지만 자긍심은 없다.

똑똑하기만 할 뿐, 신념이나 이상도 없고 자긍심도 없는 최악의 똑똑이다.

"좋습니다. 뭐, 그쪽 의견이 그렇다고 하신다면 더 이상 받아들이라고 강요는 하지 않겠습니다. 하지만 아시겠지만 그 일은 안당 마님의 필생의 꿈입니다. 그러니 방해만 하지 않으시면 됩니다."

그녀가 한류관을 싫어하는 건 안다.

하지만 그렇다고 해도 그녀가 방해할 만한 일도 아니기는 하다. 일단 그녀가 투자한 돈은 거기에 단 한 푼도 들어가지 않았으니까.

"내가 언제 방해했다고 그러세요?"

"돈을 이용해서 거기서 일하는 사람들을 계속 빼 오고 있지 않습니까?"

기생은 단순히 술집 작부가 아니다.

기와 예를 가진, 전통적인 예능인이다.

당연히 그곳에서 일하려고 하는 사람에게 그걸 다 가르치기 위해서는 상당한 시간과 돈이 필요하다.

거기에다 이런 걸 보러 오는 사람들은 외국인들이 많다.

그래서 외국어까지 따로 공부시켜야 한다.

"그런 사람을 빼 가는 게 방해가 아니고 뭡니까?"

"뭘 모르시네. 이 바닥은 다 돈이에요, 돈. 돈만 있으면 뭐든 할 수 있다고요. 그런데 돈이 있어서 스카우트해 간다는데, 뭐가 문제가 됩니까?"

"다른 사람을 가르치든가요."

"웃기시네. 아니, 이미 배운 사람을 두고 왜 그런 고생을 해야 하죠?"

고개 뻣뻣하게 들고 덤비는 공지선을 보면서 노형진은 아무래도 설득하기에는 글러 먹었다고 생각했다.

노형진이 고개를 절레절레 흔들자 손채림이 발끈하면서 소리를 질렀다.

"당신, 알면서 그러는 거지?"

"내가 뭘 알아?"

"모를 리 없잖아! 안당 마님 아래서 20년을 넘게 일했다는 사람이!"

"웃기네. 내가 거기서 일한다고 해서 그 사람의 꿈을 위해 내 인생을 포기해야 해? 어!"

결국 자기 본심을 말하고 마는 공지선.

그녀는 안당이 자신에게 그 자리를 주지 않은 것에 대한 보복으로 저러는 것이 분명했다.

"그만 이야기하죠."

"당신들이랑 할 이야기 없다니까."

"뭐, 그게 무슨 뜻인지 모르시는가 보군요."

"그래서? 뭐? 나랑 어쩌자고? 싸우자고?"

아무래도 일선에서 일하던 사람이라 노형진이라는 존재에 대해 잘 모르는 듯한 공지선.

노형진은 계속 도발하는 그녀를 보고 고개를 끄덕거렸다.

"싸웁시다."

"뭐?"

"싸우자고요. 싸우자면서요?"

순간 움찔한 공지선이었지만, 이내 호기롭게 소리를 질렀다.

"그래, 싸우자! 싸워! 내가 어디 겁먹을 줄 알아! 어디서 굴러먹던 변호사 주제에. 네가 이쪽을 알기나 해!"

아무래도 변호사에게 좋은 감정을 가지고 있지는 않은 듯 했다.

'당연한 건가?'

멀쩡하게 있다가 변호사에게 자리를 빼앗기게 생겼으니.

'멀리는 못 본다고 하더니.'

안당이라면 결코 저런 소리는 하지 않는다.

자신과 다른 길을 간다고 할지라도, 미래는 모르기 때문에 위험한 도발을 하지 않는 것이다.

그러나 공지선은 자기가 옳다고 악다구니를 하면서 노형진을 도발하고 있었다.

'저런 성격이면 3년 안에 다 말아먹지.'

힘이 있으니 죄다 막 대할 테고, 그러면 죄다 떠나거나 그녀를 적대시할 것이다.

아마 안당이 죽고 나서 공지선이 리더가 된다면 조직은 3년 안에 붕괴될 것이 뻔했다.

"뭐, 그럽시다."

노형진은 길게 이야기하지 않고 자리에서 일어났다.

손채림 역시 공지선을 노려보다가 그를 따라 사무실 밖으로 나왔다. 그리고 잠깐 그 여자의 사무실을 돌아보다가 다시 노형진에게 다가왔다.

"어떻게 생각해?"

"저 여자는 들어 줄 생각이 없어."

"왜 저러는 거야, 도대체?"

"두 가지 목적 때문이지. 첫 번째는 내부자의 증언."

외부에서 아무리 나쁘게 말해 봐야 그건 그다지 영향이 없다.

하지만 내부에서 나쁘게 말하면 공신력이 있다.

"일본에서도 친일파를 이용해서 자꾸 종군 성노예 사건을 매춘으로 몰아가잖아. 그거랑 똑같은 거지."

한때 거기서 일하던 여자가 '기생은 다 창녀다.'라는 식으로 말한다면, 외부적으로 그렇게 보일 수도 있는 가능성이 충분하다.

일반인에게는 안 그런 척하지만 가진 사람한테는 창녀처

럼 군다는 식으로 말할 수도 있고 말이다.

"두 번째는 그 자체의 이미지 하락이야."

공지선은 막대한 돈을 주고 한류관에서 일하는 여자들을 빼 오고 있다.

"그녀들이 가는 곳은 저런 곳이 아닐 거야. 그리고 그곳에서 기생이라고 소개하겠지."

"아하! 그런 사람이 늘어나면 기생의 이미지가 더 안 좋아지겠구나."

"그래. 그러면 진짜로 기생의 이미지는 창녀 같은 존재로 바뀌게 될 거야."

아주 고단수의 작전이었다.

공지선이 짤 만한 작전은 결코 아니다.

"결국 누군가 옆에 있다는 소리네."

"너도 그렇게 생각해?"

"내가 너 따라다니면서 만난 사람이 몇 명인데. 내가 봐서는, 공지선은 이런 타입이 아니야."

"그럴 거야."

안당 마님도 그랬다.

일선에서는 일을 잘할지 모르지만 위에서는 잘 못할 타입이라고.

아마 안당 마님을 죽이려고 하던 자들이 그대로 있었다면 거기까지 올라오지도 못했을 거라고.

그들이 숙청되면서 그 자리에 올라온 거라고 말이다.

'그러면 이해가 가지.'

조금만 더 올라가면 리더가 될 것 같은데 못 하게 되니까 발끈한 것이다.

"이제 어쩔 거야?"

운전하면서 노형진에게 묻는 손채림.

"어쩌긴."

노형진은 지그시 자신의 손을 내려다보았다.

"왕좌를 계승할 때는 피를 보는 것이 정상이야. 그리고 내가 내 손에 피를 묻혀야겠지."

그게 의뢰니까.

그리고 노형진은 의뢰를 받아들였다.

"그러니 피를 볼 생각이야."

왕의 자리는 하나뿐

"흠……."

안당은 노형진의 보고에 혀를 끌끌 찼다.

"쓸데없는 짓을 했구먼."

"뭐, 좋게 좋게 끝낼 수 있었으면 했으니까요. 원래 협상은 싸우기 전의 기본 과정입니다."

"이빨도 안 들어간다니까."

"그런 것 같더군요. 누군가 공지선에게 헛바람을 넣고 있는 것 같기는 한데……."

"그 사람을 밀어내면 멀쩡해질 것 같나?"

"무슨 생각을 아시는지 압니다. 하지만 이미 글러 먹었습니다."

20년간 같이 일한 사람이니 내치는 게 기분이 좋을 수는 없다. 그러니 혹시나 되돌릴 수 있을까 하는 생각을 할 것이다.

"저런 타입은 헛바람이 들면 절대 안 빠집니다."

도리어 자기 목적을 이루지 못하게 했다고 길길이 날뛸 것이다.

"버리시는 수밖에 없습니다."

"아쉽네."

안당은 깊은 한숨과 담배 연기로 미련을 날려 보냈다.

그리고 바로 노형진에게 물었다.

"어찌할 생각인가? 그냥 자른다고 해도 그게 끝이 아닐 텐데."

미련을 남겨 봐야 아무것도 안 된다면 남은 건 하나뿐.

"급선무는 그녀의 꾐에 빠져서 나간 여자들을 데리고 오는 겁니다."

"여자들?"

"네, 한류관에서 일하던 사람들 말입니다."

"오려고 할까? 지금 거기서 적지 않은 돈을 받을 텐데."

"협박을 해서라도 데리고 와야지요."

"협박?"

"네."

"그건 좀 그렇군."

"왕위 계승을 하기 위해서는 피를 봐야 합니다. 그래서 저를 부르신 거 아닌가요?"

이것이 법이다

"하지만 일반 백성에게는 피해를 주지 않는 방법도 있잖아."

"그들은 일반 백성이 아닙니다. 규정대로 보면 저쪽에 붙은 배신자들이지요. 그리고 그들이 할 일이 얼마나 타격이 큰지 아십니까? 그들은 자칭 기생이라고 하고 다닐 겁니다. 그리고 그들에게는 안당 마님이 만든 다안기생문화연구원의 인증서도 있지요. 그들이 매매춘에 뛰어들면 기생이라는 이름 자체가 더러워지는 겁니다. 공지선이 노린 게 그거구요."

"육시럴."

안당은 계속 담배만 빨았다.

아무래도 속이 많이 쓰린 모양이었다.

"그러니 그녀들을 강제로 회수해야 합니다."

"회수? 그들은 사람인데?"

"회수 맞습니다. 더 이상 이미지에 먹칠을 하게 할 수는 없으니까요. 피를 볼 때는 과감하게 해야 합니다. 이쪽에 협상의 여지가 있다는 걸 보여 준다면, 그쪽은 그걸 파고들 겁니다."

"어떤 방식으로 하려고 하는 건가?"

노형진은 어깨를 으쓱했다.

"뭐, 변호사에게 방법이 뭐가 있겠습니까? 소송이지."

⚖️

지금까지 한류관에서 실제로 나간 사람들은 그리 많지 않았다.

열세 명 정도.

그러나 애초에 키우는 숫자가 그리 많지 않은 점을 감안하면 확실하게 많은 숫자다. 그래도 그 덕분에 기생이라는 이미지에 타격이 가지는 않았다.

"하지만 그건 시간문제입니다, 재판장님."

노형진은 일단 그들에게 소송을 걸었다. 기생이라는 호칭을 사용할 수 없게 해 달라는 소송 말이다.

멀쩡하게 있던 그들은 당황했지만, 소송이 걸린 이상 나올 수밖에 없었다.

"재판장님, 저들은 정식으로 기생 자격증을 딴 기생이 맞습니다. 그런데 그걸 왜 그쪽에서 부정하면서 사용하지 못하도록 하는지, 저는 이해가 가지 않습니다."

상대방 변호사 역시 발급받은 자격증을 이용하는 것은 개인의 책임이라면서 필사적으로 방어에 나섰다.

'제법 비싼 변호사를 붙였네.'

하긴, 그럴 수밖에 없으리라.

그들은 그 정식 기생이라는 타이틀로 다른 사람들보다 훨씬 비싼 돈을 받고 있으니까.

'하지만 그걸 쓰게 둘 수는 없지.'

돌아오든가 그걸 사용하지 못하게 하든가 하지 않는다면 문제가 될 게 뻔했다.

"재판장님, 다안기생문화연구원에서 그 신분증을 발급한 것은 한국 전통의 기생 문화에 대해 알리고, 잘못 알려진 이미지를 고쳐 기와 예를 가진 전통 예능인으로서의 자리를 되찾기 위해서입니다. 그런데 그들은 그것을 악의적으로 해석하고 이용하여 성매매 업소에서 자신의 이미지를 띄우는 목적으로 사용하였습니다."

"그건 그렇습니다만……."

상대방 변호사도 그 부분에 대해서는 어떻게 말할 수가 없었다. 그 말이 사실이니까.

더군다나 노형진은 이미 그와 관련된 증거를 다 확보해 둔 상황이었다.

다행히 이 소송은 민사다.

성매매는 형사재판이므로 처벌받을 걱정은 없었다.

"재판장님, 그 부분에 대해선 이견이 없습니다. 하지만 아까도 말했지만 자격증이라는 것을 딴 후에 어떻게 사용하는지는 개인의 문제입니다. 운전면허를 가지고 있는 사람이 성매매를 하였다고 해서 운전면허의 공신력에 문제가 생기는 것은 아니지 않습니까?"

"그거야 두 업종 간에 아무런 관련이 없으니까요. 하지만 기생이라는 전통적 기예인으로서의 이름은, 현재 미리 제출한 참고 자료와 같이 일본의 간악한 문화 말살 정책의 영향으로 상당히 좋지 않은 이미지로 남아 있는 것이 사실입니다."

노형진의 말에 상대방은 똥 씹은 얼굴이 되었다.

노형진이 일본 어쩌고 한 이유는 뻔했기 때문이다.

'젠장.'

한국 사람치고 그 시절 문화 말살 정책을 좋아하는 이는 아마 친일파 빼고는 없을 테니까.

그리고 그러한 말 때문에 이미 판사는 슬슬 노형진 쪽으로 넘어가고 있었다.

"다안기생문화연구원은 그러한 잘못된 부분을 고치고 기예인의 가치를 높이기 위해 만들어졌습니다. 그런데 그들이 발급한 기생으로서의 자격증을 술집에서 사용한다면, 애초에 기생 문화의 올바른 발견이라는 본래 목적에 맞지 않습니다."

"재판장님, 그런 건 상관없는 내용 아닐까요? 결국 커리큘럼이라는 것은 그쪽에서 강요하는 것이지 이쪽에서 꼭 받아들여야 하는 건 아니지 않습니까?"

"물론 그녀들이 직접 선택한 게 아니라면 말이지요."

노형진은 새로운 증거를 꺼내 들었다.

"재판장님, 증거 갑제 7-1을 봐 주시기 바랍니다. 해당 동의서는 기생으로서의 교육을 받고 문화 창달에 이바지하겠다는 서약서입니다. 해당 서약서는 모든 참가자들이 써야 하며, 당연히 피고들 역시 제출하였습니다."

변호사는 순간 당황했다.

서약서 같은 게 있었냐는 눈치였다.

"뭡니까? 저런 게 있었어요?"

"저런 건 그냥 쓰는 거 아니에요?"

그는 피고 측에게 물었다가 '끄응.' 하고 소리를 낼 수밖에 없었다.

"저런 게 무슨 의미가 있는지도 모르고 쓴 겁니까?"

서약서는 법률적으로 계약서나 마찬가지다.

물론 그 안에 터무니없는 내용이 들어간다면 아무런 의미도 없는 것이 되겠지만, 이 경우는 아니다.

"다들 쓰기에 그냥 썼던 것 같은데."

"크으……."

얼마나 무심하게 썼는지 썼던 것조차도 기억을 제대로 못한다는 말에, 피고 측 변호사는 이를 악물었다.

노형진은 그들의 행동을 보면서 피식 웃었다.

'참 웃긴다니까.'

서약서, 각서, 약정서.

결국 말만 다를 뿐이지 계약서다.

그런데 '계약서'라고 쓰여 있지 않다고 상당수의 사람들이 그걸 쉽게 생각한다.

"이 서약서에 따르면, 기생의 올바른 문화를 사회에 설파하는 것이 목적으로 되어 있습니다."

"재판장님! 하지만 기생이라는 것은 존속의 의미가 없는 하류 문화입니다. 전통이라는 것은 그 가치가 있어야 하고 그걸 이어 감으로써 자랑스럽게 후대에 이야기할 수 있는 것이야 합니다. 하지만 기생 문화는 그런 문화가 아닙니다."

생각지도 못한 계약서가 나왔지만 상대방 변호사는 재빠르게 변론을 변경했다.

확실히 능력이 있는 사람이기는 하다.

어느 정도는 말이다.

"피고 측 변호인, 그러면 그 전통문화의 예를 들어 주시죠."

"뭐요?"

"전통문화의 예 말입니다. 우리가 전통으로 인정하고, 유구하게 계승해 나아가야 하는 것들 말입니다."

"가령 클래식 같은 거 말입니다."

"클래식?"

"그렇습니다. 상류 문화의 핵심을 이어 가는 클래식 같은 거야말로 전통을 이어 갈 만한 가치가 있는 거 아닙니까?"

노형진은 피식 웃었다.

"그러니까 클래식은 귀족 문화의 하나로서 상류 문화의 일부이니 이어 갈 수 있는 전통이라 이거지요?"

"맞습니다."

"하지만 기생도 상류 문화입니다만?"

"그건……."

"설마 저쪽 귀족은 귀족이고 이쪽은 양반이라, 뭐 이쪽은 이어 갈 만한 전통이 아니다 그런 건 아니죠?"

"성 접대를 어찌 전통이라고 이어 갑니까? 일본의 요바이 역시 좋지 않은 전통이라서 사라진 거 아닙니까!"

요바이는 쉽게 말해서, 남자가 몰래 여자 집에 들어가서 관계를 맺는 문화다.

일본의 일부 지역에서 행해졌지만 지금은 사라진 문화다.

아무리 당사자 간의 합의에 따라 이루어지는 일이라고 하지만, 현실적으로 현대에 적용할 수는 없는 일이니까.

"아까도 말했지만 기생은 성 접대 안 했습니다."

"하지만 역사적으로 그런 기록이 있지 않습니까?"

"성 접대를 했다고 피고 측이 제시한 증거들은 일제시대 이후의 자료들이더군요. 심지어 그런 유의 영화들 같은 거고 말이지요. 학술적인 자료는 전혀 없었습니다. 설사 있다고 한들, 삼패 기생이라고 하는 최하급의 기생에 한정되는 일이었습니다."

그나마 삼패 기생도 아무한테나 그런 게 아니다.

자신이 진짜로 믿을 만한 사람과 관계를 했지, 그런 매춘을 하는 존재는 아예 개별적으로 분류해서 불렀다.

"이미지는 시대에 따라 바뀌는 것입니다. 과거의 이미지에 집착해서 매달린다면 무슨 발전이 있습니까?"

"물론 시대에 따라 바뀌는 게 맞지요. 역사가 그렇게 간다면 그게 맞을 겁니다. 하지만 이 경우, 일본의 문화 말살 정책으로 사라진 겁니다. 만일 일본이 한글을 없애려고 덤빈

끝에 말살되었다면, 그걸 복원시키려는 수많은 시도들이 모두 의미가 없는 짓이 되었을까요?"

"그거야……."

"그리고 아까 그러셨지요, 귀족의 문화라서 클래식을 이어 가는 게 맞다고? 그러면 사물놀이 같은 건 우리가 이어갈 문화가 아닌가요?"

사물놀이는 확실하게 하류 문화다.

양반들이 즐기는 것과는 거리가 좀 있었다.

"거기에다 노동요 같은 것도 있네요. 그건 양반들이 부를일이 없었던 거지요. 그러면 그런 것도 계승할 필요가 없는 문화입니까? 기생들은 기본적으로 전통 춤과 음악을 배웠습니다. 가야금 같은 것도, 결국은 기생들이 양반들을 대상으로 보여 주던 문화 예술에 속해 있었지요. 그러면 가야금도 배워서는 안 되는 문화입니까?"

"그건……."

"결국 기생이라는 존재가 하던 모든 것이 문화의 한 단면입니다. 가야금이나 춤이나 창 같은 거 말입니다. 그 모든 걸한 사람이 한다는 것뿐이죠. 현대로 보면 연예인입니다. 그런데 일본이 거기에다가 창녀라는 이미지를 뒤집어씌웠다고그 모든 걸 부정하는 게 맞다고 생각합니까?"

상대방 변호사는 노형진의 공격에 입을 다물었다.

'법만 잘 알면 뭐 하나.'

문화에 대한 기본적인 소양도 없이 덤비다니.

'그러고 보니 매크로 소송이 생각나네.'

매크로 관련된 소송을 하는데 판사가 매크로가 뭔지 몰라서 질문을 하니, 검사도 그게 뭔지를 몰랐단다.

사건의 핵심이 매크로인데 누구도 그게 뭔지 몰랐던 거다.

즉, 양쪽 다 재판 준비를 전혀 하지 않았다는 소리다.

"이미 기생의 문화적 토양에 대해서는 증거를 제출했습니다. 그걸 제대로 읽어 보기나 한 겁니까?"

"……."

대답하지 못하는 변호사.

'그래, 그렇겠지.'

말하지 않은 피고만 문제가 아니다.

변호사도 흔한 성범죄 문제인 줄 알고 제대로 공부도 해 오지 않은 게 훤히 보였다.

"이 사건의 핵심은 문화 창달을 위해 사적으로 자비를 들여서 만든 자격증을 딴 피고 측이, 해당 자격증을 정반대의 목적으로 사용했다는 것입니다. 사설 자격증인 만큼 그 관리 권한은 원고 측에 있고, 원고 측은 피고 측의 자격을 박탈하는 한편 그 배상 책임을 묻고자 하는 것이 이번 청구의 목적입니다."

노형진은 판사를 바라보면서 강하게 말했다.

"더군다나 피고 측은 그 수업을 받으면서 일절 비용을 내지 않았습니다. 해당 교육의 이수 조건에 동의하면서 함께하고자 했기 때문에, 피고 측은 그들에게 무상으로 수많은 교육을 해 줬습니다."

그리고 그들은 뒤통수를 쳤다.

'뭐, 그건 이쪽 실수지.'

강제 근무 조항이나 사용 제한 사항을 넣었어야 했는데, 저들을 너무 믿은 게 실수였다.

"그래요? 그 말이 사실입니까, 피고 측 변호인?"

"아…… 네……."

그들이 딴 자격증이기는 하지만, 그에 필요한 비용은 낸 적이 없다.

"개인의 후원으로 땄다고 해도, 자격증의 소유 여부와 그 사용 권한에 대해 자격증 발급자가 문제를 제기하는 것은 옳지 않다고 생각합니다, 재판장님."

피고 측 변호사는 계속 원론적인 이야기만 했다.

그거 말고는 변론을 할 만한 거리가 없었으니까.

"이 자격증은 사실상 민간 자격증이기 이전에, 특정 단체에서 발급하는 일종의 신분증 같은 개념으로 발급된 것입니다. 개개인이 그걸 사용하는 것을 허락하는 게 아니라, 특정 업무를 할 수 있는 그런 허락의 개념으로 말입니다."

"으음."

노형진은 더욱 적극적으로 공격했다.

사실 수업비를 받았다면 문제가 되었을 것이다.

다행히 안당은 진짜 하고 싶어 하는 사람만 받아서 무상으로 교육했기 때문에, 그런 문제는 생기지 않았다.

'다만 내가 방심한 게 실수였지.'

어지간하면 이런 경우에 그들을 징계하는 내용이 사전에 들어갔어야 하는데, 안당이 그 부분에 대해 소홀하게 생각했다는 것이 문제였다.

"하지만 재판장님, 저들이 주장하는 사용 금지 규정은 이들이 해당 증명서를 발급받은 이후에 갱신된 것입니다. 그런 경우 그 사실에 동의하지 않으면 증명서 자체가 무의미하게 되어 버리는데, 그건 명백하게 사후 규정 변경의 동의를 얻어야 한다는 점에서 허락될 수 없는 사항입니다."

원래 계약서를 바꾸는 것은 쉬운 게 아니다.

그래서 약관이 조금만 변경되어도 회사들이 변경을 일일이 고지하는 것이다.

"원래는 이런 경우에 대한 처벌 규정이 없었습니다. 그러니 갑자기 규정을 만들고 이제 와서 그 규정에 따라 징계를 하겠다는 것은 심각한 개인의 권리 침해라 할 수 있습니다."

피고 측 변호사가 나름대로 변호를 했지만 노형진이 요구한 것은 애초에 그런 게 아니었다.

"재판장님, 저희는 과거의 잘못에 대한 배상을 요구하는 것이 아닙니다. 장기적으로 성매매업에 종사하는 자가 그 자격증을 사용하지 못하도록 하는 것이 목표입니다."

"그러니까 그건 공정거래법 위반이라고요. 동의 없이 계약을 무단으로 바꾸는 경우가 어디 있습니까?"

"동의가 없는 게 아니라 동의를 거부한 겁니다. 그리고 그 경우 법적으로 계약이 종료되는 것이 정상 아닌가요?"

"이건 자격증입니다."

"'민간' 자격증이지요. 그리고 아까도 말했지만, 우리가 돈을 달라고 하는 게 아니지 않습니까?"

노형진이 요구하는 것은 그곳에서 배운 모든 것의 사용 금지, 즉 춤이나 노래, 기예 같은 것들을 기생이라는 이름하에 팔면서 성매매를 동시에 하지 말라는 것이었다.

"사건을 저지른 것에 대한 배상을 요구한다면 문제가 될 겁니다. 하지만 추후 벌어질 사건을 예방하기 위해서는 규정을 바꿔야 합니다. 그런데 사전에 먼저 사용 허가를 받았다고 해도, 과거의 규정에 근거하여 불법적 일을 허가받는다는 게 가능합니까?"

"그건……"

"어떠한 규정도 법 위에 있지 않습니다. 그렇지요?"

"그렇습니다."

"그렇다면, 피고 측이 주장하는 게 인정된다면 사실상 기생이라는 이름을 성매매에 사용한다는 것인데, 피고 측은 그게 불법이라는 생각은 안 해 보셨습니까?"

"그건…….."

말문이 막히는 피고 측 변호사.

노형진은 그런 그에게 쐐기를 박았다.

"우리가 요구하는 것은 손해배상이 아닙니다. 다만 기생의 이미지 전환과 전통문화의 계승을 위해 만들어진 민간 자격증인 만큼 불법행위를 하지 말고, 설사 하더라도 기생이라는 이름과 거기서 배운 기예를 사용하지 말라는 것입니다."

노형진이 합법의 문제를 파고들자 상대방은 곤혹스러운 표정이 되었다.

'그렇지. 아무리 판사가 멍청하다고 해도 판결에서 성매매를 허가할 수는 없지.'

자신들이 요구하는 것은 성매매를 하지 말라는 것.

그리고 하려면, 자신들이 가르쳐 주거나 발급한 기생이라는 자격을 사용하지 말라는 것이다.

지극히 상식적인 요구 사항이다.

"재판장님, 이번 사건은 단순히 합법과 불법의 문제가 아닙니다. 일부 기생이라는 이름을 가진 사람들이 성매매를 하게 된다면, 수많은 여성 단체에서 어떻게 생각할까요?"

노형진이 슬쩍 여성 단체를 언급하자 판사의 얼굴이 살짝 찡그러졌다.

'아마 가루가 되도록 까이겠지.'

판사의 판결이 사실상 성매매를 허락하는 방향으로 내려

졌다는 소문이 퍼지면 그의 커리어는 끝장난다고 봐도 무방하다.

여성 단체가 그를 가만두지 않을 테니까.

"충분히 들은 것 같네요. 양쪽 다, 더 하실 말씀 있나요?"

피고 측이 더 이상 반박을 하지 못하자 판사는 입을 열었다.

"그러면 다음 기일에 결심하겠습니다."

그러면서 자신을 바라보는 시선에, 노형진은 승리를 자신했다.

⚖️

"결국 사용 금지 처분이 떨어졌네."

"그럴 수밖에 없지. 그걸 허락하면 판사가 법률을 정면으로 위반하게 되는 셈이거든. 애초에 공지선 측이 이길 수 있는 재판이 아니었어."

노형진은 승리가 담겨 있는 편지를 보면서 미소 지으며 말했다.

"이제 네가 할 일은 그들을 만나서 협상하는 거야. 돌아올 것이냐, 아니면 남을 것이냐."

"내가?"

"아무래도 내가 만나는 것보다는 나을걸. 난 재판정에서 그들을 가루가 되도록 깐 사람이잖아."

"그건 그렇지."

손채림은 고개를 끄덕거렸다.

자신들을 몰아가는 걸 봤으니 아무래도 감정적으로 화가 나서 돌아오지 않을 수도 있다.

"그런데 돌아올 거라는 건 어떻게 알아? 안 돌아올 수도 있잖아."

"많지는 않을 거야."

"어째서?"

"돈이 안 되거든."

"돈?"

"그래. 그들이 비싸게 팔린 이유가 뭔데?"

기생이라는 타이틀과, 다안기생문화연구원에서 배운 수많은 기예들 때문이다.

다른 사람들이 하지 못하는 걸 할 수 있으니 당연히 더 비싼 돈을 받을 수 있다.

남과 다르다는 것. 그게 금액의 차이를 만드니까.

"그런데 법원에서 사용 금지 처분이 떨어졌어. 그러면 남과 다를 게 없잖아."

"아…… 그런가?"

업소의 다른 여성들과 다를 바가 없게 된 상황에서, 누가 그들에게 돈을 더 주고 만남을 이어 가겠는가?

"하지만 다른 방법도 있잖아? 몰래 한다든가 그런 거."

"그래서 더욱 못 해."

"어째서?"

"우리는 법원의 허가가 있으니까."

즉, 그 불법적인 행동을 막고자 감시 등을 할 수 있다.

"이쪽에서 저들의 행동을 감시하기 위해 몰래 사람을 보내도 된다는 거지. 그리고 그 행동이 법원의 판결과 다르면 우리는 당당하게 신고할 수 있는 거고."

"당당하게 신고할 수 있다고? 그게 무슨 신고를…… 아하! 그러네. 거기에 그 애들만 있는 게 아니구나."

"정답이야."

그들에게 해당 기예를 하면서 성매매를 하지 말라고 한 만큼, 그들이 그런 행동을 한다는 것은 그 업소가 성매매를 한다는 소리가 된다.

"그들을 데리고 있는 이상, 우리는 계속해서 감시를 핑계로 사람을 몰래 보낼 수 있지."

그리고 그걸 경찰에 신고한다는 것은 그 업체를 신고한다는 소리다.

"하루에 한두 팀씩 계속 보내서 감시한다면 어떻게 될까?"

"망하지. 확실하게 망하지."

매일같이 누군가 가서 그들을 감시하고 경찰을 부른다?

법원의 판결이 있는 이상 경찰은 출동을 피할 수 없고, 매일같이 경찰이 출동하는 업소에 성매매를 하러 올 멍청한 남자는 없다.

"어찌 되었건 성매매는 불법이니까."

"그리고 그쪽은 뭐라고 할 수도 없고?"

"맞아."

전이라면 같은 일을 하는 사람끼리 그러는 거 아니라고 뭐라고 했을 것이다.

더군다나 안당은 화류계의 거두다.

그러니 그런 행동을 좋게 보지 않는다.

"하지만 책임은 이제 그들에게 넘어갔어."

그들이 출근하면 당장 경찰이 출동하는 거다.

물론 그들이 나서서 술집을 차릴 수도 있을지도 모른다.

기본적으로 성매매나 불법적 행동을 하지 않으면 '기생'이라는 이름을 쓰는 데 전혀 지장이 없으니까.

안당도 기생이라는 문화가 자신의 가게에만 존재하는 것은 원하지 않았다.

"하지만 그럴 돈이 있을까?"

기생문화연구원에 속하는 한류관은 작지 않은 크기를 자랑한다. 더군다나 술집을 연다고 해도 내장재나 리모델링 비용은 그들이 부담해야 한다. 그런 식으로 어마어마한 돈이 드는 일에 쉽사리 돈을 내줄 사람은 없다.

"그러니 그들은 돌아오든가 다른 업소로 가든가, 결정해야 해."

돌아온다면 문제 될 게 없다.

물론 잠깐 트러블이 있을 수는 있겠지만, 그건 노형진이 해결할 일이 아니다.

'안당 마님이 알아서 하겠지.'

중요한 것은, 이제 그들이 어디를 가든 그 법률적 판결문이 있기 때문에 공연을 하거나 기생이라 자칭하지 못한다는 거다.

"제법 재미있네?"

"그러니까. 재미있어."

그러니 그들은 망하기 싫으면 돌아와야 한다.

다른 가게로 간다고 해서 그 판결문의 효력이 사라지는 건 아니니, 안당 측은 언제든 감시를 위해 사람을 보낼 것이다.

그건 조금도 어려운 일이 아니니까.

⚖️

공지선은 진땀을 흘렸다.

적지 않은 돈을 주고 데리고 온 여자들 때문에 도리어 심각한 타격을 입었기 때문이다.

"아니, 왜 말 안 해 줬습니까? 네?"

"아니, 그걸 말해 줄 필요까지는……."

"말해 줄 필요까지는 뭐요? 없었다고요? 지금 장난해요?"

이것이 법이다

대부분의 사람들은 공지선이 안당 마님과 일한다는 사실을 알고 있다.

그래서 그녀에게 호의적인 시선을 보냈고, 안당 마님의 가게인 한류관에서 데리고 왔다고 해도 별 의심을 하지 않았다.

그런데 공지영은 소송에서 패배한 후에 그 사실을 업자에게 말하지 않았다.

자신이 안당과 적대한다는 것을 들키지 않기 위해서였다.

하지만 설마 판결이 나오자마자 바로 손님으로 위장한 사람들이 들이닥칠 줄은 몰랐다.

"이거 어쩔 겁니까!"

"그날 있던 손님들 죄다 끌려갔어요!"

사장들 입장에서는 당혹스러웠다.

다른 사람도 아니고 안당과 적대하다니.

사실 노형진은 그걸 노린 거다.

애초에 미리 경고할 수도 있지만 안당과 공지선이 전쟁 중이라는 것, 그게 자신들에게도 영향을 줄 수 있다는 사실을 알려 주기 위해서 말이다.

"그분들이 누군지 알고……. 미치겠네."

비싼 돈 주고 기생까지 불러 가면서 가는 술집이라면 결코 평범한 곳은 아니다.

친구들과 놀러 가는 술집은 절대 아니며, 기분 좀 내보겠다고 가는 그런 술집은 더더욱 아니다.

당연히 그곳은 소위 접대를 위한 곳인데, 그런 곳에 경찰이 들이닥쳤으니 신분이 드러나면 곤란한 분들이 여럿 있었을 것이다.

물론 경찰이 알아서 걸러 주겠지만, 그런다고 해도 그런 일을 당한 곳에 다시 올 사람은 없다.

"아니, 이건 오해가 있는 거예요."

"오해가 있는 게 아니던데요! 이미 소장에 판결문까지 다 나왔더만!"

"이런 식으로 우리 뒤통수를 쳐요?"

소리를 지르던 그들은 제대로 된 대답을 듣지 못하자 몸을 획 돌렸다.

"이거 책임 물을 겁니다."

"여기서 이러지 마세요."

"아, 여기서 안 이럴 거요. 안당 마님에게 갑시다."

"아…… 그래요. 살 수 있는 길은 그것뿐입니다."

안당이 잘 말하면 그래도 무마될 수 있는 사건이다.

하지만 아직 그 정도 급이 안 되는 공지선 입장에서는 절대 불가능한 일.

"으으으……."

공지선은 아랫입술을 지그시 깨물었다.

싸우자고 했고 실제로 그럴 각오도 했지만, 이런 식일 거라고는 생각 못 했다.

이것이 법이다

"흥, 나는 못 이럴 줄 아는가 보지?"

사실 방법은 뻔하다.

라이벌 가게끼리 서로 성매매로 찌르는 건 가장 흔한 수법이다.

다만 달라진 것은, 법원의 영장으로 인해 경찰이 시간을 끌거나 할 방법이 없어졌다는 것.

"그래, 그런 식으로 나온다 이거지."

그녀는 눈을 번뜩거렸다.

"신고하지 않을까?"

손채림은 운전을 하다가 뭔가 생각난 듯 걱정스럽게 물었다.

"무슨 신고?"

"아니, 그렇잖아. 자기들이 신고당했으니 이쪽도 신고하지 않겠어?"

"아, 그거? 못 해. 절대로 못 하지."

"어째서?"

"결국 힘을 가진 건 이쪽이니까."

신고야 할 수 있다.

그리고 경찰이 출동할 수도 있다.

하지만 경찰의 수뇌부와 선이 닿아 있는 것은 공지선이 아니라 안당 마님이다.

"출동을 한다고 해서 그게 다 단속될 거라 생각해?"

"그런가?"

"신고받고 일단 왔다가 그냥 가는 경우도 많아."

물론 규정상 그러면 안 된다.

하지만 경찰이 그렇게 규정을 잘 지키는 조직이었다면, 한 국은 참 살기 좋은 나라가 되었을 것이다.

"물론 처음 몇 번은 곤혹스럽겠지. 하지만 안당 마님이 그 냥 있을 리 없잖아? 더군다나 아무리 안당 마님이라고 해도, 모든 가게를 다 가지고 있는 건 아니야."

그럼에도 불구하고 그녀가 그 자리에 있을 수 있는 것은 어지간한 규모를 가진 가게들과 죄다 알고 지내기 때문이다.

"그런데 그 상황에서 공지선이 찔러 봐. 그들이 공지선과 친해지려고 할까?"

"그건 그러네."

"물론 이 세계에서 가장 흔하게 사용되는 무기가 바로 신 고이기는 해. 하지만 그렇다고 해도 그걸 쓸 수 있는 사람에 는 한계가 있지."

노형진은 창밖으로 지나가는 거리를 바라보면서 느긋하게 말했다.

"아는 사이에 신고한다는 건 안당 마님과 사이가 틀어진다 는 뜻이야. 지지 세력이 얼마 없는 공지선은 쓸 수 없는 방법이지."

안당과 척진 이상, 사실상 전쟁이 본격적으로 시작된 셈이다. 그러니 어떻게 해서든 아군을 만들어야 하는데, 아직 적과 아군이 구분되지도 않은 상황에서 덥석 공격을 해 버리면 그들은 어쩔 수 없이 반격해야 한다.

"안당은 무마할 수 있지만, 공지선은 무마할 수가 없어."

"그러면 처음부터 신고하면 되는 거였잖아?"

"안당이니까. 이쪽에서 먼저 신고하면 안당이 업주들을 배신한 꼴이 되거든. 내가 왜 굳이 귀찮게 재판까지 가서 판결문을 받았겠어?"

"아, 그러고 보니 그러네. 우리가 신고한 내용이 성매매가 아니었네."

"이제야 알겠어? 후후후."

만일 성매매로 신고를 넣었다면 안당도 사람들의 인심을 잃었을 것이다. 화류계에서 큰 어른으로 통하는 그녀가 승리를 위해 주변의 업소들을 밟기 시작하면 어떻게 될까?

"아마 공지선이 그 점을 이용하겠지."

"아아아."

"너무 누르면 반작용이 오기 마련이거든."

하지만 그 당시 경찰이 출동한 이유는 성매매가 아니라 법원의 판결 위반이었다.

그래서 정작 업주들에게 간 피해는 실질적으로 없다.

"물론 그곳에 있다가 경찰 출동으로 기분 나빠진 손님들이 다시 안 오는 정도의 피해는 있겠지만, 그게 아주 심각한 정도는 아닐 거야."

하지만 효과는 마찬가지다. 안당과 공지선이 전쟁 상태에 들어갔다는 것을 확실하게 못 박았으니까.

"일단 이쪽에서는 판결문을 쥐고 있는 이상 그들이 일하는 곳을 따라갈 수 있지."

하지만 그들은 그게 없다. 그러니 대항도 못 한다.

"다른 사람들이 도와주지 않을까?"

"아마 무리일걸. 일단 술집을 하는 사람들이 자기 인생을 걸고 섣불리 안당에게 덤빈다는 것부터가 말이 안 되잖아. 사실 전면적으로 나서는 사람들은 한계가 있어. 후계 전쟁이라는 게 그런 거잖아."

전면적으로 나서서 누구 한 명을 밀어주는 내전 같은 경우도 없는 건 아니지만, 이 경우는 누가 그 후계자가 될지가 문제가 되는 거고 현왕에 대해 반역이 일어난 경우라고 봐야 한다.

"그러면 대부분은 그냥 서로 눈치만 보지."

일단 기존 왕이 싸움에서 유리하니까.

"공지선은 그걸 일본 자금으로 뒤집을 수 있을 거라 생각했겠지만……."

안당은 더 빨리 그녀를 쳐 내는 결단을 내렸다.

그렇기에 공지선의 생각이 가장 큰 문제가 되었다.

"공지선은 아마 돈만 있으면 뭐든 될 거라 생각했겠지."

하지만 안당을 그 자리에서 수십 년간 버티게 해 준 것은 그녀의 뛰어난 용병술과 인맥이다.

"그래서 안당이 그녀를 후계로 삼지 않은 거고."

돈만 있으면 뭐든 다 할 수 있다고 생각하는 사람을 후계로 삼을 수는 없을 테니까.

그렇게 서로 대화를 하는 사이 드디어 약속 장소에 도착했다.

"도착했어."

"오케이. 너는 어쩔래?"

"이 근처에 일하던 여자가 있어. 설득해 보려고."

"알았어. 돌아갈 땐 택시를 타든 할게."

"잘해 보라고."

손채림은 싱긋 웃고는 손을 흔들며 차를 몰고 가 버렸고, 노형진은 천천히 건물로 올라갔다. 그리고 맨 위층에 도착했을 때, 그의 앞을 가로막는 사람이 있었다.

"누구십니까?"

"아, 노형진이라고 합니다. 회장님하고 약속했는데요."

"아, 미리 말씀 들었습니다. 들어가시죠."

"감사합니다."

노형진은 그의 안내를 받으며 안으로 들어갔다.

창밖으로 서울 시내의 풍경이 그대로 보였다.

'이거 좋네. 이래서 건물주 하려고 한다니까.'

건물주를 회장이라고 하면 사람들은 뭘 그렇게 으리으리하게 말하냐고 할지도 모른다.

하지만 경비 처리 문제로 인해 상당수 건물들이 개인의 소유가 아니라 기업체의 소유로 되어 있다.

특히나 서울 시내에 있는 건물은 워낙 비싸서 개개인이 살 수 없는 경우도 많기 때문에, 일종의 집단을 만들어서 기업에서 구매하는 일도 많다.

그리고 이곳은 그런 곳 중 하나고.

'많기도 하다.'

벽에는 소유하고 있는 건물들의 사진이 쭈욱 붙어 있었다.

긴 복도를 지나서 안으로 들어가자 그 회장이라는 사람을 만날 수 있었다.

"반갑습니다. 일렉투자의 대리인인 노형진입니다."

"기찬수라고 합니다. 저한테 하실 말씀이 있다고요?"

기찬수는 느긋한 표정으로 말했다.

하긴, 수십 채의 건물을 가진 기업의 대표이니 뭐가 아쉬울 게 있겠는가?

매일매일이 아마 천국 같으리라.

지금까지는 말이다.

"단도직입적으로 말씀드리지요. 가지고 계신 건물들의 유흥업소를 제게 임대해 주십시오."

"어디를 보고 오신 건지……?"

"전부 다요."

"전부 다?"

어리둥절한 표정이 되는 기찬수.

서울에 가진 건물도 많지만, 그 안에 입점한 유흥 주점도 많다. 심지어 어떤 건물은 아예 통째로 유흥 주점인 경우도 있었다.

"네, 전부 다 빌려주십시오."

"그래요? 하지만 권리금이 적지 않을 텐데요."

노형진은 씩 웃으며 소파로 다가가서 앉았다.

"권리금을 줄 거였다면 여기로 오지 않았지요."

"무슨 말씀이십니까?"

"한꺼번에 빌리겠다는 말이 아닙니다. 계약이 끝나는 순서대로 빌리겠다는 말씀을 드리는 겁니다."

"계약이 끝나는 순서대로?"

"네. 권리금은 주인에게는 의미가 없으니까요."

권리금이란 한국에 있는 특유의 문화인데, 장사를 하는 그곳에서의 권리를 주고받는 돈이다.

그런데 웃긴 게, 건물의 주인은 따로 있는데 세입자끼리 그 권리를 주고받는다.

'권리금은 주인에게 아무런 영향도 주지 않지.'

즉, 임대 기간이 끝난 후엔 나가라고 하면 나가는 수밖에 없다.

"흠……."

약간은 곤혹스러운 얼굴이 되는 기찬수.

물론 법적으로는 문제가 되지 않는다.

하지만 그도 상도라는 것을 아는 사람이다.

"그러면 세를 추가로 더 주시는 건가요?"

"뭐, 임대 상승분은 감안해 드리겠습니다."

"그런 건 그쪽도 생각해 줄 텐데요?"

"그러겠지요."

"일렉투자라는 곳이 어떤 곳인지 모르지만, 그런 조건이라면 저희는 기존에 있던 업체를 우선해야 합니다."

노형진은 고개를 끄덕거렸다.

상도를 따지자면 그게 맞는 말이니까.

'따지면 말이지.'

하지만 한국은 자본주의사회다.

"물론 압니다. 하지만 기존에 있던 업체가 월세를 납입하지 못한다면 어떻게 될까요?"

"월세를 납입하지 못한다니요? 그게 무슨 말씀이십니까?"

"말 그대로입니다. 장사가 안되어서 월세도 제대로 내지 못한다면 어떻게 하시겠습니까?"

"농담하시나요? 유흥업소가 들어선 자리들이 얼마나 좋은 곳인데요."

이것이 법이다

매일같이 손님들이 넘치는 곳이다. 서울의 유흥업소가 망할 정도의 경제적 타격이면 한국이 망한다고 봐도 될 정도다.

지금도 자리가 없어서 기다려야 하는 가게들도 있는데, 월세를 내지 못해서 망한다?

"뭐, 술만 팔면 그렇겠지요. 하지만 거기서 술만 팔지 않는다는 것은 알고 계시지 않습니까?"

"뭐, 그거야 그렇습니다만."

"경찰이 그걸 놔두는 이유가 뭘까요?"

기찬수의 표정이 묘하게 변했다.

그 말은 노형진이 신고하겠다는 뜻이기 때문이다.

"저는 일렉투자에서 나왔습니다. 당연히 최소의 수익으로 최대의 이익을 내는 것이 목표지요."

"설마 그곳들을 모조리 신고하겠다 이겁니까?"

"그들이 망해서 나가면 우리에게는 두 가지 이득이 있지요. 권리금을 주지 않고 그곳을 집어삼킬 수 있고, 동시에 우리가 시작할 때 라이벌을 제거할 수 있지요."

기찬수의 표정이 상당히 안 좋아졌다.

"미안합니다. 그런 목적이라면 못 빌려드리겠네요. 저희는 저희 빌딩이 구설수에 오르는 거, 싫습니다."

"뭐, 빌려주지 않으셔도 상관없습니다. 하지만 그러면 그쪽도 그만한 각오는 하셔야 할 텐데요."

"뭐요?"

"설마 성매매 특별법을 모르시지는 않겠지요?"

"그거랑 저랑 무슨 관계가 있단 말입니까?"

"성매매 특별법은 성매매 업소를 빌려준 사람도 처벌을 하도록 규정하고 있지요."

기찬수의 표정이 상당히 불편하게 변했다. 그런 규정이 있다는 것은 처음 들었기 때문이다.

"물론 대부분은 적용하지 않습니다만."

적용하게 되면 어마어마한 수의 건물주들이 잡혀 들어갈 테니까.

거기에다가 돈이 있는 대형 건물은 이곳처럼 기업 형태로 소유하고 있어 법적으로 소송하는 경우도 많아서, 더더욱 적용하지 않는다.

'그런 법에 걸리는 건물주는 대부분 개인 건물인 경우가 많지.'

하지만 건물주가 회사라고 해서 그 법에 걸리지 말라는 법은 없다.

"회장님이라는 직함은 그냥 따신 게 아닐 테고, 만일 그곳에 대한 처벌이 계속 진행된다면…… 실형은 나오지 않겠지만 아마 어마어마한 벌금이 나올 겁니다."

한 건당 벌금이 천만 원씩만 나와도 수익을 통째로 털리는 셈이다.

아니, 그런 식으로 신고가 들어가면 가게도 장사를 못 해서 월세를 내지 못하게 된다.

당연히 자신들은 심각하게 적자를 보게 된다.

"그쪽은 그렇게 안 당할 것 같습니까?"

"당할 것 같습니까? 우리 뒤에 누가 있는지 모르시나 보군요."

"뭐요?"

"검은 머리 외국인이라는 말이 왜 생겼는지 잘 모르시나 봅니다?"

"……."

떨떠름한 표정이 되는 기찬수.

검은 머리 외국인. 이 말을 모를 리 없다.

해외에서 유령 기업을 세우고 한국에 투자해서, 외국인인 것처럼 돈을 벌어 가는 행위를 하는 한국인들.

국적은 한국이지만 외국 기업인 것처럼 행동함으로써 온갖 욕과 세금을 피하는 사람들.

'젠장, 똥 밟았다. 어쩐지 잘 아는 것 같더라니.'

만일 상대방이 검은 머리 외국인이라면 이쪽은 승산이 없다.

애초에 검은 머리 외국인이라는 개념 자체가, 돈이 없는 자들은 할 수가 없는 짓이다.

대부분이 정치인들, 그것도 아주 고위 공직자들이다.

"길게 이야기하지 않겠습니다."

"하지만……."

"증거를 보여 드리지요."

"증거요? 무슨 증……?"

뭔 증거를 보여 준다는 거냐고 되물으려던 기찬수는 노형진이 품에서 꺼낸 통장으로 시선을 보냈다.

"뭐, 보통은 통장을 만들지는 않지만, 증거가 있어야 할 테니까요."

노형진은 씩 웃으면서 통장을 열었다.

일렉이라는 기업의 이름으로 적혀 있는, 무려 1,300억의 돈.

"과연 우리가 질 것 같습니까?"

"……."

1,300억.

절대 작은 돈이 아니다. 어지간한 정치인들 대여섯 명 모여서 만들 수 있는 돈도 아니고.

"아, 물론 거절하셔도 됩니다."

노형진은 자리에서 일어났다.

"자리가 여기만 있는 건 아니니까요."

그러면서 바깥으로 나온 노형진.

뒤에 남은 기찬수는 심각한 표정으로 노형진이 나간 방향을 바라보고 있었다.

⚖

"그래서 어때?"

"아마 지금쯤 업체 사장들한테 연락이 갔겠지."

돌아온 사무실에서 노형진은 손채림에게 느긋하게 말했다.

"너는 어때?"

"아, 돌아온대. 세 명 빼고는 다."

"그 세 명은 뭘 깡으로 버틴다는 거야?"

"모르지. 염치가 없어서 그런 건지도."

자신들의 상황을 알아차린 사람들은 다시 한류관으로 돌아오겠다고 했고, 그들을 이용해서 기생의 이미지를 망치려고 한 공지선의 계획은 실패한 것이나 다름없었다.

세 명이 남았다고 하지만 그 세 명 역시 법적으로 사용 금지가 걸려 있어서 기생이라고 주장할 수는 없으니까.

"뭐, 그쪽은 더 설득해 봐야지."

"계속 설득하게?"

"속아서 나온 건데 속은 사람 잘못이라고 무시할 수는 없잖아."

노형진은 어깨를 으쓱했다.

손채림의 말도 일리가 있기는 하니까.

"그쪽은 그렇다고 치고, 넌 어떻게 되어 가는 거야? 진짜로 거기에 투자하려고? 뭐, 돈이야 되겠지만."

"아니, 그럴 생각 없는데."

"응?"

"그럴 생각 없어. 내가 미쳤다고 거기에 1,300억이나 투자하냐?"

"투자한다며?"

"위협이지. 뻥카라고 해야 할까?"

"뻥카?"

"그래."

법적으로 건물주가 나가라고 하면 그들은 나갈 수밖에 없다. 그런데 현 상황에서 건물주들은 노형진의 경고를 무시할 수가 없다. 뒤에 뭐가 있는 것처럼 충분히 경고를 한 데다가, 계좌에 들어 있는 1,300억을 자기 눈으로 봤으니까.

그들 입장에서는 건물주로서 기존 업체들에 말할 수밖에 없다.

"그리고 그 기존 업체의 투자자들은 난리가 났겠지. 투자금 다 날리게 생겼으니."

"사장이 아니고?"

"그런 데 사장이야 다 바지 사장이지, 뭐."

그런 곳은 투자할 때 적은 돈이 들어가는 게 아니다.

리모델링비만 수억이 들고, 권리금만 수십억이다.

권리금이 없을 때 들어갔다고 해도, 받을 수 있는 수십억을 날리는 셈이다. 권리금에 대한 수익도 생각하고 투자하는 경우가 많으니까.

"그러니 그 이야기는 아마 그 투자자들이나 진짜 사장들에게 퍼졌을 거야. 그러면 그들이 그걸 어떻게 막으려고 할까?"

경찰에 신고?

그게 가능할 리 없다.

법적으로 아무런 문제가 없으니까.

버티기?

명도 소송하고 강제로 끌어내면 그만이다.

다른 것도 아니고, 성매매 업소를 편들어 줄 사람은 없다.

그걸 막아 줄 정도의 정치인들?

검은 머리 외국인이 누구인지 알지도 못한다.

막아 달라고 부탁하러 간 사람이 정작 그 사람일 수도 있다.

"그 정도 라인을 가진 사람은 한 명뿐이야."

"안당 마님 말이구나."

"그래."

안당은 그 정도 라인이 있다.

그리고 그녀의 정보력이라면, 그 검은 머리 외국인이 누군지도 알아낼 수 있다.

"그에 반해 공지선은 그런 힘이 없지."

돈이야 있지만, 과연 공지선의 일본 쪽 자금 라인에서 수천억을 줄까?

아니, 이 경우는 돈이 문제가 아니다.

그들을 몰아내려고 하는 거대한 적이 문제지.

"자고로 외부에 거대한 적이 생기면 내부는 결속하는 거지."

"그게 바로 일렉투자구나."

"맞아."

사실 일렉투자는 그냥 유령 회사다.

외부에 자신들을 노리는 거대한 적이 있다는 것을 보여 주기 위한 그런 회사.

"그런 회사에 1,300억이나 넣어 둔 거야?"

"아니."

"하지만 통장을 보여 줬다면서?"

"아, 그거?"

노형진은 가방에서 통장을 꺼내서 흔들었다.

그리고 그걸 '와그작' 하고 꾸겼다.

"위조야."

"헐."

"내가 아무리 돈이 많기로서니 1,300억이 움직이면 전 세계에서 감시가 들어올 텐데 그걸 무시할까?"

당연히 섣불리 움직일 수 있는 돈이 아니다.

"내가 왜 인터넷이 아니라 종이로 보여 줬는데?"

마치 한국 문화를 생각해서 편하게 보여 준 것처럼 행동했지만, 사실 통장이라는 것 자체는 위조하는 게 그다지 어렵지 않다.

다만 그걸 가지고 가 봐야 돈이 없어서 의미가 없을 뿐이지.

"와, 그러면 종이 한 장으로 온갖 뻥카를 다 날린 거네?"

"돈 안 쓰고 할 수 있는데 내가 왜 내 돈을 써?"

"사기꾼 같은 놈."

"칭찬 감사."

노형진은 히죽 웃었다.

"이제 저쪽에서는 안당 마님 쪽으로 몰려가서 곡소리를 내겠지. 그때 우리가 적당히 협상해서 물러나면 그만이야."

그렇게 힘의 차이를 느낀 사람들은 안당 쪽으로 줄을 설 수밖에 없다.

"줄 안 서는 곳은 뭐, 진짜로 몰아내고 우리가 영업하고."

이제 할 것은 기다리는 것뿐이었다.

문화의 가치는 미래다

"아이고, 안당 마님. 이것 좀 어떻게 해 주세요."

벌벌 떨면서 달려온 사장들은 안당에게 매달렸다.

안당은 그런 그들을 보면서 모른 척 말했다.

"자네들도인가?"

"자네들도라니요?"

"아니, 자네들도 뭐 나가라고 하던가? 뭐 무슨 투자회사에서 왔다면서?"

"어헉! 저희 말고 또 있습니까?"

"부산 쪽에서도 그러더군."

"아아……."

다들 얼굴이 사색이 되었다.

서울과 부산, 한국의 가장 큰 거대도시 두 곳.

"그…… 검은 머리…… 뭐시기 하면서……."

"검은 머리인지 뭔지는 잘 모르겠네. 하지만 부산은 소나 투자라는 곳이라던데."

"소나투자요? 저희는 일렉투자인데?"

"그래? 다른 회사인가?"

"그게 중요한 게 아니지 않습니까?"

세금 문제로 그렇게 사업을 두 개로 나눠서 하는 경우도 종종 있다.

중요한 것은 그들이 쓰는 방법이 똑같다는 것이다.

그 말은 그들이 같은 인물이라는 뜻이고.

"안당 마님, 혹시 아는 거 있으십니까?"

"아니. 나도 알아봐야지."

그러면서 슬쩍 모른 척하자 다들 안당에게 매달렸다.

"이러다 저희 다 죽습니다."

"설마 그러겠나?"

"설마가 아닙니다. 저쪽은 몇천억을 들고 오는데 우리가 그런 돈이 어디 있습니까?"

"나라고 무슨 돈이 있겠나? 돈은 지선이 쪽이 더 많지."

몇몇이 입을 꾸욱 다물었다.

모두 공지선에게 투자받은 사람들이었기 때문이다.

물론 그때는 기분이 좋았다.

하지만 이렇게 될 줄 알았다면 절대 투자받지 않았을 것이다.

"안당 어르신, 저희가 잘못했습니다. 어떻게 안되겠습니까?"

"이제는 뒷방 퇴물인데 내가 무슨 힘이 있겠는가?"

"어르신……."

그들은 절박했다.

"이건 진짜 아닙니다."

사실 정치인들이 유흥업소에 투자를 하는 경우는 적지 않다. 그만큼 돈이 되니까. 다만 드러나지 않을 뿐.

심지어 단속해야 하는 경찰이나 검사가 직접 유흥업소를 운영하는 경우도 있다.

"하지만 그것도 어느 정도지요."

그들이 직접 뛰어들어 영업을 시작하면?

자신들은 말라 죽을 수밖에 없다.

신고해서 처벌?

오히려 자신들이 말도 안 되는 죄를 뒤집어쓰고 경찰에 고발될 테고, 바로 다음 날부터 세무서에서 자신들을 죽이려고 할 것이다.

"지선이는 뭐라고 하던가?"

안당은 담배를 길게 쭈욱 빨아들이며 말했다.

"그게…… 도와줄 방법이 없다고……."

아니, 도와줄 방법이 없는 정도가 아니다.

도리어 그런 몇몇 업소들에는 다급하게 투자금을 회수하

겠다고 덤벼들었다.

그럴 수밖에 없다.

공지선 입장에서는 그곳은 투자처일 뿐, 진짜 함께 가려고 하는 사람들이 아니니까.

"이리될 줄 몰랐나?"

안당은 그들을 탓하듯이 나지막하게 말했다.

그리고 사장들은 대꾸도 하지 못했다.

사실 안당이 나이가 있다 보니 조만간 후계자를 정해야 한 다는 건 알고 있었다.

'그리고 굴러온 돌이니 싫은 게 당연하겠지.'

손예은 변호사는 유흥 쪽에 있던 사람이 아니다.

그러니 기존에 유흥에 있던 사람들로서는 상당히 거부감 이 들 수밖에 없다.

더군다나 유흥 쪽은 전반적으로 학력이 짧은 편이다. 속칭 말하는, 가방끈이 짧다고 하는 사람들이 많이 오니까.

그러니 변호사이기까지 한 그녀가 오는 게 마음에 들지 않 는 게 사실이었다.

"내가 그리 경고했건만, 쯧쯧."

안당은 혀를 끌끌 차면서 곰방대를 재떨이에 털었다.

"누가 예은이 좀 데리고 오너라."

"네, 어르신."

잠시 후 기다리고 있던 손예은 변호사가 안으로 들어왔다.

그들은 불안한 눈빛으로 그녀를 바라보았다.

"그래, 알아본 게 있느냐?"

"그들이 가진 회사는 모두 솔로몬제도에 적을 두고 있는 페이퍼 컴퍼니입니다."

그들을 찾아냈다는 말에 다들 얼굴에 희망이 떠올랐다.

하지만 그 희망은 이내 절망으로 다시 추락했다.

"하지만 그들이 누구인지는 알아내지 못했습니다. 대신에 그 대리인을 알아내기는 했습니다만."

"그 노형진이라는 변호사가 대리인 아닙니까?"

"아닙니다. 그는 그냥 한국에서 그들의 요구대로 협상을 진행하는 사람이라고 보시면 됩니다. 변호사란 그런 존재이니까요."

다들 입을 꾸욱 다물었다.

그들도 노형진이 어떤 변호사인지 대충은 안다.

그런데 그런 사람을 고작 대신 일하는 수준의 사람으로 쓴다면, 상대가 얼마나 무서운 사람인지 도무지 감도 잡히지 않았다.

"하지만 그들과 협상은 해 볼 수 있을 듯합니다."

"협상? 누군지도 모르는데?"

"대리인이 말을 전해 주기는 할 테니까요. 그리고 그 정도 능력을 가진 검은 머리 외국인이라면, 서로 커넥션이 있을 수밖에 없습니다."

즉, 이쪽에서 협상에 나선다면 저들의 진짜 주인에게 소식이 들어가는 것도 불가능하지는 않다는 뜻이다.

"그럼 그건 네가 알아서 해라."

"네."

"헉! 안당 어르신!"

말이 협상이지, 이쪽에서 약점을 잡고 상대방을 협박하는 구조가 될 수밖에 없는 상황이다.

그런데 그걸 다른 사람도 아니고 변호사인 손예은에게 맡기겠다는 말에 다들 깜짝 놀랐다.

"그건 아닙니다!"

"그런 건, 아무래도 변호사보다는 이쪽에서 좀 있었던 사람이 하는 것이……."

'쯧쯧, 멍청한 놈들이로고.'

안당 입장에서는 뻔히 보이는 수작이다.

자신이 나서서 협상을 이끌어 내고 후계 자리를 차지하고 싶어 하는 것이다.

사실상 공지선이 끝장난 상황이니까.

그러나 안당은 그들에게 길게 이야기하지 않았다.

어차피 자신이 무슨 설명을 하고 설득을 해도 먹혀 들어가지 않을 테니까.

'애초에 내가 설명해 가면서 일한 것도 아니고.'

그녀는 곰방대에 남아 있는 재를 재떨이에 털어 내면서 말했다.

"너희들 중에 영어 잘하는 사람 있어?"

"네?"

"이놈들아, 대표가 한국 놈이겠냐? 솔로몬인지 뭔지 하는 데다가 유령 기업 차린 놈들이? 가서 한국어로 떠들 거야?"

"아……."

"영어로 떠들 거 아냐."

그 부분을 생각하지 못한 자들이 당황하는 그때, 손예은이 슬쩍 추임새를 넣었다.

"스페인어입니다."

"뭐라?"

"대표가 스페인 사람입니다."

"그래, 영어가 아니라 스페인어."

"……."

공부를 잘해서 화류계에 들어온 사람은 많지 않다.

당연히 영어도 잘하는 사람이 많지 않았다.

그런데 하물며 스페인어?

'알 리 없지.'

안당은 당혹하는 그들을 보면서 손예은에게 물었다.

"넌 할 줄 알아?"

"네, 통화도 했습니다. 물론 원하시면 통역을 거치는 수도 있습니다만, 제대로 통역되지 않아서 협상이 엉뚱하게 진행

될 수도 있습니다. 까딱 잘못하면 그쪽에서 업장에 대한 공격을 진행할 수도 있고요."

"업장에 대한 공격?"

"안당 어르신이야 그쪽에서도 건드리지 못하겠지만 업장 하나쯤 지워 버리는 건 일도 아닐 테니까요."

그러자 자기가 하겠다고 언성을 높이던 사람들의 목소리가 쏙 들어갔다.

"그래, 누가 해 볼래?"

"……."

"영어를 못해서……."

"제가 가방끈이 많이 짧습니다, 하하하."

"쯧쯧쯧."

안당은 손예은을 바라보면서 말했다.

"네가 해야겠구나."

"네, 어르신."

인사하는 손예은을 보면서 그녀는 조용히 속으로 미소 지었다.

⚖

"덕분에 훌륭하게 데뷔를 했다고 볼 수 있겠네."

사실 이 모든 계획은 노형진이 짠 것이다.

"단순히 후계자로 지정한다고 해서 끝나는 것은 아니니까요."

그걸 납득시키려면 그에 맞는 실적이 있어야 한다.

그런데 사실 손예은이 보여 준 실적은 지금까지 없다고 봐도 무방하다.

"없는 건 아니지만, 외부에 공표할 만한 것도 아니지요."

"그렇지."

"하지만 이제는 상황이 바뀔 겁니다."

명확하게 실적을 보여 줬다.

물론 좀 시간을 끌면서 쇼를 하기는 하겠지만, 그녀의 협상으로 유령 회사의 한국 진출은 무산되는 방향으로 진행될 것이다.

"왕위 계승 전쟁은 단순히 상대방을 몰락시키는 게 끝이 아닙니다. 그러면 또 다른 적이 계속 튀어나옵니다. 이쪽이 능력이 있다는 걸 보여 줘야 군말이 안 나옵니다."

"거참, 넌 참 잘 안단 말이야. 해 본 것 같아?"

"뭐, 재벌가들 후계 전쟁 같은 건 흔하니까요."

"넌 그런 거 해 본 적 없지 않더냐?"

"없다고는 말 못 합니다, 후후후."

해 본 적이 있다. 그것도 미국에서 말이다.

비록 회사의 일부로 참전했지만, 그때는 규모가 지금과는 상대도 되지 않았다.

"이번 작전으로 인해 공지선이 힘을 많이 잃었을 겁니다.

그녀가 투자했던 회사들이 망할 뻔했는데도 아무런 도움도 주지 못했으니까요."

도리어 상황이 나빠지자 투자금을 빼겠다고 돈 내놓으라고 재촉하기까지 했다.

"그 투자에 대한 믿음이 사라졌을 거야."

"그러니 이참에 조용히 투자자를 바꾸시면 됩니다."

"투자자를 바꿔라?"

"검은 머리 외국인이 저만 있는 게 아니지 않습니까?"

"그게 무슨 말이냐?"

"전과 후만 바꾸면 된다는 뜻입니다."

협상을 하는데 한쪽이 일방적으로 손해를 보고 물러나는 경우는 없다.

당연히 이쪽도 뭔가를 내놔야 한다.

"이참에 그 가게에서 일본 자금을 밀어내는 겁니다."

"그 페이퍼 컴퍼니 쪽은 돈이 없을 텐데?"

"그게 전과 후가 바뀌는 거지요."

협상 조건으로 그들이 투자를 요구한다고 주인들에게 말하고, 몇몇 고위 정치인들에게 비밀리에 유흥업소에 투자할 수 있는 기회가 있다는 걸 전하면 사람들은 기꺼이 유흥업소에 투자할 것이다.

유흥업소의 수익률은 잘 알 테니까.

"그리고 그게 드러나면, 가게 사장들은 그들이 검은 머리 외국인이라고 생각하게 되겠지요."

그리고 노형진은 거기서 스윽 빠지는 거고, 당연히 돈을 빼 가려고 했던 일본 자금도 빠지게 된다.

"허, 그런 것까지 생각한 게냐? 확실히 나라면 그런 사람 구하는 건 일도 아니기는 하지."

"제가 왜 검은 머리 외국인 코스프레를 했겠습니까?"

노형진은 미소를 지으며 말했다.

"한국 정치인들의 대다수는 돈을 꺼리지 않습니다."

다만 정치를 하는 데 있어서 이미지가 필수적인지라, 그 이미지를 망칠 수 있는 일을 꺼릴 뿐.

"그걸 미리 만든 회사에 투자하는 걸로 상쇄한다?"

"네. 어차피 이미 벌어지고 있는 일이지 않습니까?"

"하긴, 그렇지."

강남에만 해도 수백 곳의 성매매 업소가 있다.

하지만 그들이 소탕되진 않는다.

강남의 경찰들이 무능해서?

아니다.

"강남에서 경찰 3년 하고 집 못 사면 병신이라는 말이 있다면서요?"

"뭐, 그런 말이 있다고는 하더군."

물론 이 말이 진짜인지는 알 수가 없다.

하지만 확실한 것은, 그만큼 많은 경찰이 뇌물을 받고 정보를 흘리거나 단속을 무마해 준다는 소리다.

"우리 쪽도 나쁜 건 아니겠군."

"일본 자금을 털어 내면 일본에서 다안기생문화연구원을 공격하는 것도 쉽지는 않을 겁니다."

"이제 끝난 건가?"

"아니요. 끝난 게 아닙니다. 안당 마님도 아시지 않습니까? 공지선은 이런 유의 싸움을 설계할 만한 타입이 아닙니다."

"그렇지. 아마 그런 유의 싸움을 설계할 수 있는 사람이었다면 후계자로 걸었겠지."

하지만 오로지 돈만 보고 눈앞의 이익만을 추구하는 그녀다.

"그런 그녀가 혼자서 이런 행동을 했을 가능성은 없다고 봐야 합니다. 거기에다 그녀는 딱히 일본 쪽과 관련이 있는 사람도 아니었구요. 그러면 누군가 그녀를 이용했다고 봐야 하지 않을까요?"

"국가 차원에서 말인가?"

"그건 모를 일이지요."

개인일 수도 있고, 집단일 수도 있고, 국가 차원일 수도 있다. 신비한 아시아의 여성 기예인이라는 이미지를 지키기 위해서 그들이 다안기생문화연구원을 밟아야 했던 것은 사실이다.

"그러니 그녀를 누가 도와줬는지 알아야 합니다. 안 그러면 그들은 또 다른 사람들을 이용해서 무너트리려고 할 겁니다."

안당은 눈을 찌푸렸다.

틀린 말은 아니었으니까.

공지선이 갑자기 돌변했음을 생각해 보면, 확실히 그녀는 이용당했다고 봐야 할 것이다.

"하지만 누군지 알고?"

"이미 조사 중입니다."

손채림이 조용히 공지선의 뒤를 캐면서, 과연 누가 그녀에게 접근했는지 알아보고 있었다.

"아마 조만간 그 뒤에 있는 사람이 나타날 겁니다."

그리고 그때가 이쪽에서 반격할 시기가 될 것이다.

⚖️

"이 사람이야."

손채림은 공지선을 조사해서 의심스러운 사람을 뽑아냈다.

"유비언. 공식적으로는 레이디머니의 서울 지부장이야."

"레이디머니?"

"어."

"레이디머니면 요즘 광고하는 그곳이잖아?"

여자를 위한 대출이라며, 한창 여성 우대 대출을 이야기하는 곳이다.

"내가 알기로는 그곳이 일본계 자금일 건데."

"알아보니까 일본 극우의 자금인 것 같더라. 그리고 공지선이 그곳에 대략 4억 정도 빚이 있어."

"4억이나?"

"응. 자기 가게를 한다고 시도했다가 망했거든."

"이해가 안 가는데."

공지선은 안당의 사람이다.

그 가게를 열었을 때가 안당과 틀어지기 이전이라면, 당연히 안당이 보호하려고 했을 테니 그곳이 신고를 당해서 망하거나 할 일은 없었을 것이다.

거기에다 안당 아래에서 일을 했으니 그녀가 아는 유력 인사도 몇몇 있었을 테고.

"그런데 망했다고?"

그러면 외부적인 영향력이 아니라 내부적인 영향으로 인해 망했다는 건데, 그녀에게 내부적으로 망할 정도의 영향력이 있는 사람은 없다고 봐야 한다.

그렇다면 답은 나와 있다.

"그렇게 무능했다고?"

오로지 무능으로 인해 망했다는 소리다.

"그게 이상해?"

"아니, 이상한 건 아니지."

노형진은 어깨를 으쓱했다.

"대기업 자식도 망하는데, 뭘."

"그래?"

"대기업에서 후계 수업시킨다고 작은 납품 업체를 만들어 줬거든."

자기 아버지가 대기업 회장이니 거기에 납품하는 회사를 하나 만들어서 그에게 맡기고 전폭적으로 밀어줬다.

쉽게 말해서 맡긴 거지, 거대 기업이 대놓고 밀어준 거다.

"하지만 망했지."

"그게 망할 수가 있나?"

"그러니까. 무능은 끝이 없는 거야."

거대 기업이 총수익 100억도 안 되는 기업을 전폭적으로 밀어줬는데 망했다.

그것도 연달아 세 번이나 말이다.

"헐퀴."

"아마 이런 경우면 답은 정해져 있는 거지."

'내 회사니까 회사 돈은 내 돈이다.'라고 생각한 거다.

사실 전혀 다르지만 부자로, 로열패밀리로 살아온 자들은 그런 생각을 많이 한다.

"총매출이 100억이야. 순수익은 아무리 봐도 20억 이상 나오기 힘들지. 그런데 사업한답시고 퍼스트 타면서 놀러 다니는데 안 망하고 배겨?"

"그럴 수도 있구나."

"하지만 공지선은 그런 타입이 아닌 것 같은데."

공지선이 로열패밀리라면 이쪽에서 일할 리 없다.

"네가 말해 줬잖아. 여성 우대 사채 회사가 늘어나는 이유는, 여자가 남자보다 돈을 받아 내기 훨씬 더 쉽기 때문이라고."

"아아, 맞다. 그렇지."

"그래서 걸린 것 같아."

나이가 좀 많은 사람이 아니라 젊은 여성이라면, 돈을 받아 내는 것은 쉬운 일이다.

겁 좀 주고 술집에서 일하게 하면 되니까.

그래서 여성을 위한 어쩌고 하면서 가면을 쓰는 거고.

"그리고 그런 여자들이 갈 만한 곳이 있어야 하지."

"맞아."

"대충 알겠네."

아무리 자기 사람이라고 하지만 사실상 그건 인신매매나 마찬가지이기 때문에, 안당이 그런 것까지 지켜 주려고 하지는 않았을 것이다.

"결국 그 사실이 경찰에 발각되었어. 안당은 당연히 실드 쳐 주지 않았고."

"그들이 틀어지게 된 가장 큰 이유구나."

"그런 것 같아."

그나마 어찌어찌해서 실형은 피할 수 있었을 것이다.

하지만 자신이 투자해서 만든 가게가 망하는 건 피할 수 없었을 것이다.

"그 이후 적대적으로 돌아선 거고."

"흠……."

노형진은 대충 상황이 이해가 가자 턱을 문질렀다.

"자기 딴에는 돈이 된다고 생각했겠지."

젊고 어린 여자들을 채권 회사로부터 쉽게 공급받을 수 있다고 생각했을 테니까.

"극우 세력이라……."

"그쪽이라면 확실히 좋아하지 않을 수도 있지."

"그건 그렇지."

극우 세력은 자신들의 문화가 최고라고 생각한다.

심지어 역사적으로 다른 나라의 문화라도, 자기네들 거라고 우기는 게 그들이다.

그러니 그들 입장에서는 기생이라는 문화가 역사적 사실과 상관없이 자신들이 그토록 자랑하는 게이샤와 포지션이 겹치는 것만으로도 용납하지 못할 일이었을 것이다.

"레이디머니랑 싸울 생각이야? 쉽지 않을걸. 레이디머니는 사채 회사야."

노형진은 머리를 흔들었다.

공지선은 사실상 끝났다.

애초에 싸움이 되는 수준도 아니었다.

다만 안당이 손예은에게 피를 묻히게 하기 싫어서 노형진에게 시켰을 뿐이다.

하지만 사채 회사는 이야기가 좀 다르다.

"안 싸워. 싸울 일도 없고."

"어째서?"

"네가 말한 대로 레이디머니는 사채 회사야. 그런데 사채 회사의 최종 목적은 돈이거든."

"그런데?"

"그런데 사채 회사에서 왜 문화 전쟁에 끼어들어? 그 애들이 무슨 문화 산업에 투자하는 거 봤어?"

"어…… 그러네."

문화 산업은 돈이 안 되는 것으로 유명하다.

물론 아예 돈이 안 되는 것은 아니다.

일부 문화는 크게 돈이 된다.

가령 한류 같은 거 말이다.

안당이 기생이 있는 술집의 이름을 한류관이라고 한 것도, 그걸로 한류를 일으키고자 하는 생각에서 그런 것이 아닌가?

"거기에다 그들이 한국에서 이런 문제로 싸우려 했다면, 한국 지부장이 나섰겠지. 서울 지부장이 아니라."

"어…… 그러네."

"아마도 일부 자기가 깨어 있다고 생각하는 놈들이 오버한 것일 가능성이 커."

"별일은 아니었다는 거네?"

"뭐, 저쪽 입장에서는 별거 아닌 것이기는 하지."

국뽕을 처맞은 극우파가 배알이 뒤틀려서 벌인 일이겠지만, 한국 입장에서는 이제 막 시작한 기생 문화의 재발견이 흐트러질 수도 있는 일이었다.

"거대한 전쟁은 아니긴 하네."

"자존심 문제지. 회를 일본에 빼앗긴 것처럼."

"엥? 회는 일본 음식 아니야?"

"그게 문화 전쟁에서 패한 결말이야."

사실 회는 일본만의 음식은 아니다.

한국에도 회를 먹는 문화가 있었고, 조선 시대 정약전이 지은 《자산어보》에도 회를 먹는다는 말이 있다.

"하지만 그걸 콘텐츠화한 건 일본이지."

한국인들이 콘텐츠에 무관심할 때, 그들은 스시를 기반으로 해서 음식을 홍보하고 영화사에 투자해서 부자들이나 상류층이 먹는 음식으로 방송이나 영화에 등장시키는 등 공격적으로 마케팅 했다.

"날생선을 먹는 건 보통 한국과 중국과 일본의 공통된 문화라고 해. 하지만 결과적으로는……."

노형진은 말을 하다 말고 어깨를 으쓱했다.

"아…… 이해가 간다."

한국과 중국은 거기에 신경을 쓰지 않은 반면 일본은 그걸 콘텐츠화한 결과, 회라는 것은 '스시'라는 이름의 일본 음식으로 전 세계에 널리 알려졌다.

"심지어 한국 사람도 그게 일본 음식인 줄 아는 판국인데, 뭘."

"이야…… 이것 참……."

손채림은 입맛을 다셨다. 그런 비화가 있는 줄은 몰랐으니까.

"문화 전쟁은 당장의 문제가 아니야. 그게 가지고 오는 관광학적 미래의 문제지. 서로 같은 거지만, 사실 또 서로 다른 것이기도 해. 전에 말했잖아, 불고기와 야키니쿠가 다르고 청국장과 낫토가 다르고 김치와 기무치가 다르다고."

그걸 알고 안당이 투자를 하려는 거고 말이다.

"그러면 어쩌지? 우리가 가서 공격하지 말라고 해야 하나?"

"그걸 잘도 들어 처먹겠다."

'아, 네.'라고 하면서 사과하고 공격을 멈춘다면 그게 극우 세력일 리 없다.

"뭐, 대충 뒤에서 장난치는 놈들이 드러났으니 이쪽도 대응하기는 쉽겠네."

"응?"

"일본 차원에서 공격해 들어온 거면 아무래도 대응하기 쉽지 않거든."

이쪽에서 대응하기 시작하면 일본 정부도 대응하기 시작할 테니 일본 대 노형진의 구도가 나올 텐데, 그건 아무리 노형진이라고 해도 부담된다.

"하지만 일부 극우 세력이라면 문제가 안 되지."

"어떻게? 그들이 멈추지 않을 거라면서?"

이것이법이다

"그래, 멈추지는 않겠지. 하지만 우리가 일본보다 더 잘하는 게 있잖아."

"뭘 잘하는데?"

"비빔밥."

손채림은 순간 오늘 점심에 먹은 비빔밥이 잘못되었나 하는 생각을 했다.

⚖️

"뭐라고?"

안당은 노형진의 말에 놀랐다.

오랜 시간 별의별 일을 다 겪었다 보니 어지간하면 놀라지 않는 그녀였지만, 노형진의 계획은 놀라움을 넘어서 대담하기까지 했다.

"법적으로는 문제가 안 되는데요."

"안 되기는 하는데……. 아니, 한류관은 기생을 위한 곳 아닌가?"

"아니요. 엄밀하게 말하면 한류관은 술집이지요. 기예를 보는 술집. 기생 문화를 발전시키는 곳은 다안기생문화연구원이구요."

"그거야…… 그렇지."

고개를 끄덕거리는 안당 마님.

"거긴 기생들이 있는 곳이야. 그런데 거기에 게이샤를 데려오겠다니…….."

"게이샤는 오지 않을 겁니다. 하지만 게이샤의 이미지는 베낄 수 있지요."

"그게 무슨 소리인가?"

"전에 제가 해 드린 얘기 기억하십니까, 게이샤를 키우는 것에 대한?"

"아, 기억하고 있고말고."

고개를 끄덕거리는 안당.

"마이코라고 하는 연습생들이 있다고 했던 것도 기억하시죠?"

"그럼."

"그건 과정일 뿐입니다. 한국의 연예 기획사들이 연습생을 키우듯이요."

"그건 알고 있네."

"그런데 거기서 탈락한 사람들은 어떻게 될까요?"

"응?"

"정확하게 말하면, 마이코 수준까지 올라간 사람들도 기예를 적지 않게 배운 것이 사실입니다."

하지만 어떠한 이유에서든 탈락하는 사람들이 있기 마련이다.

사실 현실적으로 보면 살아남아서 게이샤가 되는 사람들보다 탈락하는 사람들이 압도적으로 많다.

"그런 사람들에게는 막대한 빚이 남게 됩니다."

"오키야인가 뭔가가 지원해 준다며?"

"오키야는 사람 이름이 아닙니다. 직책도 아니고요."

"그럼?"

"가게를 뜻합니다."

"가게?"

"그렇습니다."

게이샤가 되어 거기서 일하기로 약속을 하고, 그 가게에서 모든 금액을 투자하는 것이다.

완전히 한국식의 기획사와 같은 형태다.

"다른 것은, 그 지원자가 게이샤가 되지 못한 경우 그걸 다른 수단으로 갚아야 한다는 거지요."

문제는 마이코 과정에서 들어가는 돈이 어마어마하다는 것이다.

매일같이 화장품을 소비하고, 비싸기로 소문난 기모노를 입어야 하며, 수익은 없이 지출만 있고, 가족들과의 연락도 철저하게 관리된다.

"생각해 보세요. 아마 어르신은 아실 겁니다. 아가씨들 매일같이 꾸미는 데 얼마나 듭니까?"

"터무니없이 많이 들지."

농담이 아니다.

여자들이 미용실에서 머리 한번 제대로 만지려면 한 번에

20만 원 이상 깨진다.

"마이코의 기간은 보통 5년입니다. 그 기간 동안 그게 다 빚이 되는 겁니다. 그런데 게이샤가 되지 못하면? 인생 망하는 거죠."

"이해가 가는군."

그냥 시간이 지났다고 게이샤가 되는 게 아니다.

철저하게 교육을 받고 시험을 봐서 되는 게 게이샤다.

그게 그들의 문화적 자존심이다.

"그런 애들을 데리고 오자?"

"네, 그 애들이 게이샤라고 자칭하지만 않는다면 문제 될 것은 없습니다."

그들이 게이샤가 아닌데 게이샤라고 주장한다면 일본에서 항의가 들어올 수도 있다.

"하지만 마이코라고 한다면 문제 될 게 없지요. 그리고 게이샤가 그들만 있는 건 아니거든요."

"뭐? 또 있어?"

"네, 게이샤는 보통 두 개 지방으로 나뉘어 있습니다. 우리도 조선 시대에 권번이 하나가 아니었던 것처럼요."

하나는 교토 지방의 게이샤고, 다른 하나는 도쿄 지방의 게이샤다.

"제가 지금까지 말씀드린 것은 교토 지방의 게이샤입니다."

그에 반해 도쿄 지방의 게이샤는 1년 정도면 게이샤라는

이것이 삶이다

이름을 달 수 있다.

"물론 그쪽도 사람이 부족한 건 사실이지만, 아무래도 교토 지방에서 하는 것보다는 좀 넉넉한 편이지요."

물론 그들이 한국으로 올지는 알 수 없다.

아니, 사실 많이 올 필요는 없다.

"중요한 건, 한국에서도 게이샤를 볼 수 있다는 이미지입니다."

"한국에서도 게이샤를 볼 수 있다라……."

"네. 전에도 말했지만, 서양인들이 생각하는 게이샤는 하얀색 화장을 한 여성들이니까요."

진짜 게이샤들은 외국인을 잘 접대하지 않고, 한다고 해도 최고위층만 접대한다.

그렇다 보니 상대적으로 쉽게 접할 수 있는 마이코가 게이샤의 이미지가 되어 버렸다.

"그들을 한국으로 데리고 와서 우리가 써먹는 겁니다. 한국에서 일본 술집 하지 말라는 법은 없거든요."

"그건 그렇지. 문화라는 건 그 나라 특유의 것이기는 하지만, 권한이 있는 건 아니니까."

가령 삼국지 게임이 가장 많이 나오는 나라는 일본이다.

하지만 삼국지는 중국에서 일어난 일을 바탕으로 쓰인 책이다.

"마찬가지입니다. 그리고 시간이 지나면 슬쩍 물타기도

가능하죠. 일본 애들이 하는 것처럼요."

"일본 애들이 하는 것처럼?"

"야키니쿠가 불고기에서 파생된 건 아시죠?"

"그렇지."

"하지만 일부 일본 극우는 자기들의 오랜 전통이라고 주장하지요."

"뭔 개소리야?"

일본이 고기를 먹게 된 것 자체가 메이지유신 이후의, 얼마 안 되는 기간의 일이다.

그런데 오랜 전통이라니.

사실 야키니쿠는, 한국의 부대찌개와 비슷하게 생겨난 거라고 볼 수 있다.

다른 문화와 만나면서, 자기 문화가 되어 버린.

"우리도 그럴 수 있게 되는 거죠."

"뭐라고?"

"게이샤 문화는 한국의 기생 문화를 보고 베낀 것이다."

"그걸 누가 믿겠나?"

"믿으라고 하는 게 아닙니다. 빡치라고 하는 거죠."

"화가 나라고?"

"네, 그들이 독도와 관련해서 하는 것처럼 말입니다."

"이해가 안 가는데?"

"독도는 한국 땅입니다. 그런데 그들은 자기네 땅이라고 공격하지요. 그리고 우리는 그걸 반박하려고 하구요. 사실 이건 묘한 함정이지요. 우리가 발끈할수록, 그 지역이 분쟁 지역이 된다는 이미지가 강합니다. 그래서 정부에서 그들의 주장을 무시하는 거고요. 뭐, 친일 정권은 좀 다른 목적이겠지만요."

"그래서?"

"분쟁은 관심을 낳습니다. 사실 기생이라는 문화가 관광 자원으로서는 게이샤보다 훨씬 덜 알려지지 않았습니까?"

한국에 일본 게이샤 문화원을 만든다.

그 후에 그들이 한국 술집에서 일하면서, 인터넷에 그런 헛소문을 퍼트린다.

그리고 그 헛소문을 들은 일본의 극우 세력은 발끈해서 자기들 전통문화라고 반박하게 될 것이다.

"그들이 게이샤와 한국의 기생 문화를 비교할수록, 한국의 기생 문화는 더욱 널리 알려지는 거죠."

이쪽은 대충 변명하면 된다.

게이샤는 일본 문화가 맞다.

그런 소리를 하는 것은 일부 극우 세력이다.

"옛날에 일본이 했던 거랑 똑같지요."

그리고 사회적으로 분쟁이 충분히 이루어졌을 때, 일본은 돌변해서 거기는 '분쟁 지역이다.'라며 들고일어났다.

"이쪽도 마찬가지입니다."

확실히 기생과 미묘하게 비슷한 것이 게이샤 문화다.

이쪽에서 베껴 갔다고 주장하면 그럴듯해 보인다.

실제로 조선 통신사같이 문화적 교류를 하면서 일본에서 배워 간 것이 많은 것도 사실이니.

"그리고 그 분쟁의 대상인 두 개를 한국에서는 동시에 볼 수 있습니다."

물론 한국 전통문화라고 하면 안 된다.

공식적으로는 일본 전통이라고 인정해 줘야 한다.

"하지만 그건 일본도 마찬가지이지 않나?"

"일본은 무리입니다. 그 애들은 문화적 자존심이 엄청 강합니다."

문화적 전통을 이유로 타국의 총리도 받아들이지 않는 게 그들이다.

"그런 그들이 자기네 술자리 문화에 기생을 앉혀요? 천지가 개벽할 일일걸요."

그들은 자신들이 문화적으로 우월하다고 생각한다.

그런데 같은 걸 한다는 것 자체가, 결국 기생이 자신들의 문화 수준은 된다는 걸 인정하는 셈이다.

"일본 애들 성격은 그런 게 아니죠. 그에 반해 한국은 비빔밥 같은 겁니다. 퓨전이라고 해야 하나요?"

상대적으로 다른 문화와 쉽게 섞이는 성향이 있다.

물론 사회적으로 거부감이 강한 문화는 받아들이지 않는

다. 하지만 그런 면이 없다면 훨씬 쉽게 받아들이는 게 한국이다.

"당장 양꼬치를 생각해 보십시오. 우리가 양꼬치를 먹기 시작한 지는 채 10년이 되지 않았습니다."

물론 그 전에도 양꼬치집이 없는 건 아니었다.

하지만 극히 일부 중국인들을 대상으로 영업했지, 지금처럼 한국인들을 대상으로 영업하는 곳은 많지 않았다.

"부대찌개도 마찬가지고요."

한국은 타 문화에 쉽게 섞여 들어간다.

"그러면 그 두 개의 문화에 관심이 있는 사람들은 한국으로 오지, 일본으로 가지는 않을 겁니다."

정작 문화의 저변이 넓어지는 곳은 한국이고, 일본은 종주국의 자존심만 남게 된다.

"그들은 폼을 잡고 실익은 우리가 챙기는 겁니다. 물론 장기적으로 봤을 때의 이야기지요."

"그런 게 가능한가?"

"가능합니다. 한국도 마찬가지인데요."

"응?"

"한국 태권도가 그렇지 않습니까?"

한국이 태권도의 종주국인 것은 사실이다.

하지만 세계 대회에서 좋은 실적을 내는 건 외국 선수들인 경우가 훨씬 많다.

정작 종주국인 한국은 태권도선수협회의 부패로 인해 몰락해 가는 중이고.

"결국 문화란 누가 먼저냐의 문제가 아닙니다. 누가 그걸 잘 써먹느냐가 관건이지요."

"무슨 뜻인지 알았다, 이놈아. 나이 먹은 나보다는 네놈이 더 잘 알겠지."

안당 마님은 왠지 서글프다는 듯 말했다.

"난 한국 것만 생각했는데 말이지."

"이용해 먹을 수 있는 건 다 해 먹어야지요."

"알았다, 알았어."

그녀는 담배를 내려놓으며 말했다.

"갔다 와."

"네?"

"그러면 내가 이 노구를 끌고 일본에 갈까? 네가 말을 꺼냈으니, 네가 책임지고 쓸 만한 애들을 데리고 와야지."

노형진은 어째 안당과 대화하면 늘 본전도 못 뽑는 느낌이었다.

⚖

노형진은 일단 그런 사람들을 찾으려고 했다.

하지만 쉽지 않았다.

"꺼져!"

"네?"

"꺼지라고!"

사내가 서슬 퍼런 기세로 노형진과 손채림을 문 바깥으로 내쫓았다.

지금이 밤이었다면 몇 대 두들겨 패기라도 할 것 같은 분위기였다.

"어디 조센징 따위가 우리 문화를 넘봐? 뭐? 한국에 게이샤 문화원을 세워? 웃기는 소리 하지 마! 그걸 너희가 왜 세우는데?"

"쫓아내!"

살벌하다 못해서 진짜 누구 하나 죽일 것 같은 사람들로 가득한 그곳에서, 노형진은 어쩔 수 없이 일단 몸을 피해야 했다.

"이거…… 처음부터 많이 막히는데?"

게이샤든 마이코든 만나기 위해서는, 그들이 있는 곳으로 가야 한다.

그래서 간 곳이 하나마치, 그러니까 게이샤들이 모여 사는 마을이었다.

그 이후에는 보다시피 당장 쫓겨났고.

"생각보다 쉽지 않은데."

노형진은 머리를 긁적거렸다.

물론 저들이 거부감을 가질 거라고 예상하기는 했다.

하지만 아예 이야기도 꺼내지 못하게 할 줄은 몰랐다.

"그 정도로 문화적 자존심이 강한 건가?"

"일본은 장인을 존중하는 문화거든. 문제는 그게 거의 아집 수준으로 갔다는 거지."

당장 지금도 그렇다.

한국 같으면 조용히 나가라고 하지, 이렇게 경비원을 부르지는 않는다.

"흠……."

"왜?"

"아니, 그냥…… 그 경비원을 보니까 그냥 경비원은 아닌 것 같아서."

"응?"

"야쿠자 같지 않아?"

"야쿠자 맞을걸."

일본에서 유흥 시설이 야쿠자와 아무런 관련도 없다?

그건 말도 안 되는 소리다.

하물며 일본 유흥 문화의 최고라고 하는 게이샤들이다.

막대한 돈을 내 가면서 정치인들이 공연을 보러 오는 이곳인데, 그런 곳이 야쿠자와 관련이 없을 수가 없다.

"그래서 말인데."

"응?"

"이런 거 잘 아는 사람이 한 명 있을 것 같아."

"한 명 있다고? 이 안에 아는 사람이 있는 거야?"

"아니, 그건 아니야. 하지만 어차피 우리가 노리는 건 게이샤가 되지 못한, 탈락한 마이코들이잖아."

"그렇지."

"그들이 갈 수 있는 곳은 한정되어 있지 않을까?"

노형진은 모르겠다는 생각을 했다.

하지만 변호사가 아니라 여자로서의 경험을 가지고 있는 손채림은, 그들이 갈 만한 곳을 대충 알 것 같았다.

"어쩌면…… 생각보다 쉽게 사람을 구할 수 있을지도 모르겠는데."

"허."

"왜?"

"아니, 네가 날 리드하는 상황이 올 줄은 몰랐는데."

"으히히히, 그런 때도 있는 법이지."

그녀는 짠 하고 핸드폰을 들어 보였다.

"자, 지금부터 마법을 보여 드리겠습니다. 짜잔."

⚖

"마이코요?"

"네. 혹시 아십니까?"

마이 소라는 노형진의 말에 묘한 표정을 지었다.

그리고 그 옆에서 손채림은 잔뜩 기대하는 표정이었다.

'확실히 가능성이 있어.'

일본의 마이코 교육은 일찍부터 시작된다. 의무교육인 중등교육이 끝나면 바로 교육에 들어가는 것이다.

즉, 그들의 학력은 중졸이 끝이다.

그리고 중졸로 사회에서 할 수 있는 일은 별로 없다.

물론 한국의 검정고시와 비슷한 '고교졸업인정시험'이라는 것이 있기는 하지만, 크게 의미가 있는 것도 아니다.

'그리고 게이샤는 상품성이 있는 여성을 뽑는다.'

즉, 남자가 좋아할 만한 타입을 뽑는다는 것.

그러니 외모가 어느 정도 되는 경우가 많다.

그렇다면 학력 낮고 젊은 여자가, 일본에서 가장 많이 유혹받는 곳이 어디일까?

"제가 마이코 출신이에요."

"네?"

"제가 마이코 출신이라고요."

"허."

얻어걸렸다고 해야 하나?

설마 마이 소라가 마이코 출신일 거라고는 생각도 못 했다.

'아니, 데뷔한 때를 생각하면 나이가 얼추 맞네.'

그런 여자들이 가장 심하게 유혹에 빠지는 곳.

다름 아닌 AV 시장.

물론 마이 소라는 AV보다는 핑크 무비라고 하는 일본 성
인 영화 쪽 배우이기는 하지만.

손채림의 예상이 맞았다.

"저도 게이샤에서 탈락한 후에 이쪽으로 온 거예요. 고교
졸업인정시험을 보기는 했지만……."

그래서 그녀의 공식적인 학력은 고졸.

"뭐, 이쪽에서는 학력이 의미가 없으니까요."

예쁘고 어리고 자기를 꾸밀 줄 알면 된다.

"왜 그러시죠?"

"사실은 한국에 일본 게이샤 문화원을 차리려고 합니다."

"게이샤 문화원을?"

"네."

"완전 뜬금없는데요?"

눈을 찌푸리는 마이 소라.

그녀는 그게 어울리지 않는다는 생각에 잠깐 고민에 빠졌다.

하지만 이내 머리를 흔들었다.

"제가 아는 한 게이샤들이 거기에 가지는 않을 테니, 퇴출
된 마이코들을 데리고 가려고 하는 거군요. 일단 훈련은 충
분히 되어 있을 테니까."

"네. 물론 한국에서도 당연히 공연을 하실 수는 있습니다."

"공연이라……."

마이 소라는 한참 동안 침묵을 지켰다.

사실 그녀가 애국심이 투철하거나 게이샤라는 문화에 대한 자긍심이 강한 사람이었다면, 절대 허락하지 않았을 것이다.

하지만 다행히 그녀는 그런 타입이 아니었다.

"아, 그런데 괜찮으면, 왜 떨어졌는지 알 수 있을까요?"

"네?"

"아니, 저희 입장에서도, 성격적 문제로 떨어진 사람들을 데리고 가는 건 좀 그래서요."

"아…… 뭐, 대부분 비슷하죠. 의외로 마이코 중에 성격이 나빠서 떨어지는 사람은 없어요. 그런 애들은 일찌감치 나가 떨어져요. 훈련이 쉬운 게 아니거든요. 어느 정도 기간 이상 버텼다면, 일단 성격은 보증받았다고 생각하면 돼요. 위계가 확실한 곳이라 성격 나쁘면 즉시 퇴출되니까요. 저 같은 경우는 키가 문제가 되었죠."

"키요?"

"네."

마이코는 오보코라고 하는 전통적인 신발을 신는데, 그 굽의 높이가 15센티미터나 된다.

"저처럼 키가 커 버리면, 그걸 신으면 졸지에 손님을 내려다보는 꼴이 되거든요."

"아아아."

안 그래도 일본인들은 상대적으로 단신이다. 그런데 키 큰

이것이 법이다

여자가 위에서 내려다본다면 기분이 나쁠 것이다.

"뭐, 저는 그런 거고, 어떤 애는 공연 자체는 잘하는데 인맥을 만들 줄 몰라서 퇴출되었고……."

"인맥요?"

"공연이니 어쩌니 해도, 결국 행사 뛰는 거잖아요."

손님들의 분위기를 맞춰 주고 행사장의 격을 높이는 것이 바로 게이샤의 책임이다.

"그런데 아무리 춤 잘 추면 뭐 해요, 낯선 사람한테 말도 못 붙이는데."

결국 그러한 성격적인 결함을 이기지 못하고 잘린 경우도 있다.

"공연만 하는 거라면 뭐, 상관없습니다."

기본적으로 대화하면서 시중을 드는 것도 게이샤의 일이기는 하다.

'하지만 한국에서는 굳이 전통 스타일을 고수할 필요가 없지.'

그냥 여기서 게이샤도 볼 수 있다는 이미지가 필요한 거지, 전통을 이어 간다는 이미지가 필요한 건 아니니까.

'충분히 상품성도 있고.'

이미 기생이 활동하는 한류관은 상당한 인기를 끌고 있다.

해외 관광객의 경우, 몇 달 후까지 예약이 밀려 있는 지경이다.

그러니 두 가지를 함께 붙이면 분명히 시너지 효과가 나올 거라고 노형진은 생각했다.

하지만 마이 소라는 그것 말고도 다른 생각이 있는 것 같았다.

"그러면 퇴직 게이샤도 갈 수 있을까요?"

"퇴직 게이샤? 에? 게이샤도 퇴직을 해요?"

손채림은 어리둥절했다.

그런 이야기는 들어 본 적이 없으니까.

"어…… 있겠지?"

노형진도 그 부분은 잘 몰라서 물었다.

그럴 수밖에 없다.

자신이 진짜 일본인은 아니니까.

"결국 우리는 꽃이에요. 그런데 나이 먹고 시들면 당연히 퇴직을 하게 되죠. 그나마 아토토리…… 아, 그러니까 후계자가 된다면 모를까."

나이 먹으면 말 그대로 뒷방 늙은이가 되는 것이다.

"음…… 그런가요?"

"네. 그래서 제 언니도 은퇴하셨죠, 지금은."

"언니요?"

"게이샤는 따로 스승이 없어요."

게이샤가 될 마이코를 가르치는 것은 선생님이 아니라 보통 먼저 게이샤를 하고 있는 선배들이다.

그들은 언니와 동생 관계를 맺어서 활동하며, 일대일로 전수하는 것이 보통이다.

"문제는, 게이샤는 현대에서 고립된 존재라는 거예요."

그렇다 보니 사회적인 경험도, 지식도 부족하다.

"돈이야 많이 벌죠."

하지만 그 돈을 지키는 것을 잘 못한다.

그나마 그걸 잘 지키면 제법 넉넉한 삶을 살고, 또 은퇴를 좀 일찍 하고 결혼을 하기도 한다.

하지만 그러지 못하면 문제가 된다.

결국 좋게 말하면 후배 뒷바라지를 하는 거고, 나쁘게 말하면 가정부 비슷하게 일하게 되는 경우도 있다.

'오호, 그래?'

노형진은 눈을 반짝거렸다.

그렇게 오래 일한 게이샤라면 아직 실력이 부족한 마이코들을 따로 가르칠 수도 있을 것이다.

일대일로 언니가 아니라, 일대일로 선생님이 붙으면 된다.

제대로 배운 사람은 정식으로 공연과 행사만 뛰고 말이다.

'이거 땡잡았는데!'

안 그래도 마이코만으로는 부족하다 생각했는데 능숙한 게이샤가 있다면 이야기가 달라진다.

"일단 그쪽이랑 이야기해 봐야겠지만, 긍정적으로 생각하도록 하겠습니다."

노형진은 솟아나는 웃음을 참으며 말했다.

"그러면……."

마이 소라는 입술을 깨물었다.

안 그래도 어쩔 수 없이 흘러들어 오는 수많은 마이코들이 있다. 게이샤가 되지 못하자 오키야에 진 빚이 야쿠자에게 넘어가고, 이후 마치 팔리듯이 넘겨지는 것이다.

그녀는 다행히 집안이 여유가 있어서 그런 일은 벌어지지 않았지만.

"돈이……."

"갚아 드리지요."

"네?"

"선불금으로 갚아 드리겠습니다. 단, 근로계약서를 쓰신다는 가정하에, 그리고 임금 중 일부를 변제에 쓴다는 가정하에 말이지요."

"그거야 당연하지요."

마이 소라는 고개를 끄덕거렸다.

그건 여기서도 마찬가지다.

비록 일본이 아닌 한국에서라고 하지만, 게이샤로서의 자존심을 이어 갈 수도 있을 것이다.

'더 이상 힘들어하지 않아도 될지도 몰라.'

많은 후배들이 어쩔 수 없이 끌려와서 낯선 남자와 관계를 하게 되어 절망하는 것을 봐 왔다.

이제 그걸 막을 방법이 생겼다.

"제가 사람들을 모아 볼게요."

"그래 주시겠습니까?"

"아마 적잖이 갈 것 같은데요."

"걱정하지 마세요. 공간은 충분합니다, 후후후."

⚖️

몇 달 뒤 서울에는 한국게이샤문화원이라는 곳이 생겼다.

물론 다안기생문화연구원보다는 좀 작지만, 그래도 일본 문화를 연구하고 교류한다는 목적을 달성하기에는 모자람이 없었다.

실력이 충분한 마이코들은 은퇴한 게이샤들의 지도를 받고 한류관에서 일하게 될 예정이고.

"일본 대사 표정 봐라. 제대로 통수 맞은 표정인데?"

"어이가 없겠지."

자기 문화에 대한 문화원을 한국에서 보게 된 일본 대사는, 오픈 행사에 초청되었음에도 어이가 없다는 표정이었다.

하지만 일단 교류 행사라 오지 않을 수는 없었으리라.

"인터넷은 어때?"

"일본 문화 도둑질이라고 게거품 물고 난리 났지, 뭐."

손채림은 그동안의 인터넷 기록을 생각하고는 키득거렸다.

"기생이라는 단어의 조회 수가 껑충 뛰었어. 확실히 라이벌전이 관심을 끄나 보네."

"비슷하지만 전혀 다르잖아."

"그렇지."

전통적 예능인인 것은 맞지만 그 둘이 보여 주는 문화, 춤, 노래 등 모든 것이 다르다.

"두 오리엔탈 문화의 극치라……. 홍보 문구 잘 썼네."

물론 관광객들은 극우 세력이 발끈하는 데에는 관심도 없다. 그저 전혀 다른 두 개의 문화를 동시에 볼 수 있다는 말에 신이 났을 뿐.

"한류관 예약이 네 달 뒤까지 꽉 찼대."

손채림은 기분 좋게 말했다.

효과가 있을 거라고 노형진이 이야기하기는 했지만, 실제로 보니 과하다 싶을 정도였다.

거기에다 일본에서도 보기 힘든 게이샤 공연을 한국에서 볼 수 있다는 말에 예약은 점점 늘어나고만 있었다.

"숫자가 부족하겠는데?"

"일단은 마이코 스물여덟 명에 은퇴한 게이샤가 네 명이야. 많지는 않아. 뭐, 마이 소라 말로는, 은퇴한 사람들 중에서 여건이 안 좋은 사람들이 계속 연락 준다고 하니까."

아마 그들 중 일부는 한국으로 올 것이다.

그리고 이쪽은 좀 더 자유롭게 홍보하고 관광객을 끌어들일 것이다.

'게이샤지만, 일본과는 전혀 관련이 없는 게이샤들이 되겠지.'

노형진은 눈을 반짝거리면서 웃었다.

"뭐가 그렇게 재미있다고 웃어?"

손채림이 묻자 노형진은 뒤통수 맞은 표정의 일본 관계자들을 보면서 조용히 중얼거렸다.

"나중에 일본 게이샤가 아니라 한국 게이샤 조직이 탄생하면 과연 저들의 표정이 어떻게 될지, 참 궁금하지 않아?"

게이샤이지만 한국 소속인 집단.

그들은 한국의 문화를 없애려고 한 것이겠지만, 노형진은 그들의 문화를 빼앗아 올 생각이었다.

"이거 참 재미있겠네, 후후후."

미래를 생각하니 절로 즐거운 미소가 떠오르는 노형진이었다.

다음 권으로 이어집니다

200평 초대형 24시 만화방

- 수면실 (침대식) — 사우나석
- 다인석 — 샤워실
- 세탁기 — 신간100%

📖 수원 인계동점

- 나혜석거리
- 농협
- CGV
- 수원시청역 ⑧
- 무비 사거리
- 소주한잔 건물 **24시 만화방 3F**
- 홍콩반점
- 홈플러스

TEL : 031-226-3771
수원시 팔달구 인계동 1041-11 3층 24시 만화방

📖 의정부점

- 의정부역 ④ ⑤
- 흥선지하도
- ◀서울방향
- 진성약국
- 던킨도넛츠
- **24시 만화방 3F**

TEL : 031-856-3971
경기도 의정부시 의정부동 197-13 3층

📖 주안점

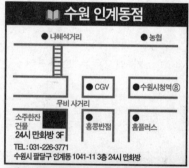

- 주안남부역
- ◀제물포
- 민병철 어학원
- 간석동▶
- **25시 만화방 6F**

TEL : 032-426-2871
인천광역시 주안남부역 지하상가 4번 출구 GS25시 건물 6층

📖 안양점

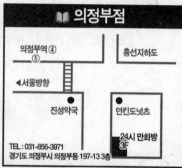

- 안양역
- 육교
- ◀관악역
- 명학역▶
- 농협
- **24시 만화방 2F**
- 안양일번가

TEL : 031-466-3771
경기도 안양시 안양동 674-163 죠이당구장건물 2층

다보多寶 신무협 장편소설

피도 눈물도 없는 낭인
천하제일 남궁세가 가주가 되다!

반백의 인생을 무림맹의 개 같은 낭인으로 살다
가족을 잃던 흉변의 그 순간으로 회귀한다

"뭐, 일단 가주가 될 수 있을지 증명부터 하라고?"

모용의 자객, 제갈의 간자, 화산의 위협……
어느 하나 만만한 상대가 없다
하지만 이번에는 절대 도망치지 않는다!

내 가족이 흘린 단 한 방울의 피도 잊지 않겠다
하나씩 되갚아 주마!

퍼펙트 라이프

진유호 현대 판타지 장편소설

완벽하게 망가졌던 이 남자, 완벽해져 돌아왔다?
꼴찌 가장 진동수, 인생의 행복을 붙잡아라!

실패한 사업가, 무능한 사원, 가족들에게 무시받는 가장,
그리고…… 담도암 말기
오열하는 모습까지 SNS에 퍼져 전 국민의 비웃음거리가 되고
실패로 점철된 인생이 나락으로 치닫은 그 순간,
벼락 한 방에 모든 게 뒤바뀌었다!

사라진 암세포, 강철 체력, 명석해진 두뇌
밑바닥 인생 진동수에게 남은 일은 이제 성공뿐!
그런데 이 능력……
혼자만 잘 먹고 잘 살라는 건 아닌 것 같다?
눈앞의 붉은 선을 따라가면 위험에 빠진 사람들이!

나의 행복도, 남의 안전도 놓치지 않는다!
화랑천 울보남의 국민 영웅 등극기!

허원진 퓨전 판타지 장편소설

아빠는 그냥 강해

『우리 삼촌은 월드 스타』『형제의 축구』
믿보작 허원진의 신작!

우주선이 나타나고 세상이 망했다?
마지막으로 한 게임 속 능력을 부여받은 인간들
몬스터에 인간쓰레기 빌런까지 버무려진 엉망진창 세상!
그 속에서 24년 차 가장의 저력이 빛난다!

근데 내가 마지막으로 했던 게임이 뭐더라?

배×고수 첫째
불만 쏘는 마법사 둘째
마×크래프트 블록 장인 셋째
프×즈 라이더 베스트 드라이버 넷째
그냥(?) 강한, 아빠 윤요한
환장의 게임 조합으로 위기를 헤쳐 나간다!

세상이 망해도 우리 가족은 내가 책임진다!
숨겨 왔던, 가장의 게임력이 폭발한다!